集英社オレンジ文庫

群青ロードショー

半田 畔

本書は書き下ろしです。

Gunjo Roadshow

Contents

Gunjo Roadshow Characters

朝《あさ》宮《みや》陽《ひなた》

小学校三年生の終わりに引っ越したため、
友達が三年周期で入れ替わってきたのが悩み。
高校三年生になり、自主映画撮影を思い立つ。

佐《さ》々《さ》木《き》美《み》由《ゆ》

あだ名はミーコ。
洋邦問わずホラーとコメディ映画好きのお嬢様。

辻《つじ》堂《どう》夏《な》月《つき》

あだ名はナツ。
好きな映画はアクション及びハリウッド作品全般。

神《かん》崎《ざき》いおり

長身がコンプレックス。映画のストーリーに込められた
メッセージや暗喩に注目する傾向がある。

群青ロードショー

Gunjo Roadshow

第一章

校則違反

1

骨を折られた。

ベッドに寝かされ、太いロープで縛《しば》られた体。見動きがいっさい取れず、両足首の間に巨人の積み木のような木片がはさまれて、わたしの体の何倍もあろうかという女性が、勢いよくハンマーを振りまわしてくる。叩かれた左の足首が、固定されていたせいで、いとも簡単に、おかしな方向に曲がる。ぱきん、と薪《まき》を割るのにも似た、骨のくだける音。ひとの足首というものが、あんな方向まで曲がるのを初めて見た。そして、すぐにそれをかき消すように叫び声が……

「あれえ⁉」

テレビが消えた。

なんで。どうして。どこかコードを引っ張った？　リモコンを間違って押しちゃった？　せっかくいいところだったのに。信じられない。というかリモコンはどこだろう。尻の下か？　ないぞ、いったい、どうなってるの。

近くに気配を感じ、見上げると、母がリモコンを持っていた。犯人はこのひとだった。

「もう、どうして消しちゃうの！」

「あんたが何度も何度も何度も呼びかけても風呂にいかないからでしょうが！　次に呼んだときにいかなかったら消すって、お母さん言ったよね？」

「そんなの聞こえなかったもん！　主人公の作家が脱出できるかどうか気になって、仕方なかったし」

「その集中力をそろそろ受験にでも活《い》かしたら？　今度から後ろから呼びかける母の声も気にしてちょうだい」

「もう、せっかくいいタイミングだったのに」

「お風呂もとっくにいいタイミングよ。早く入りなさい、陽《ひなた》」

これ以上抵抗すると、無理やりにでも服を脱がされそうだったので、諦めて浴室に向かった。

湯船につかり、体が暖まるのを感じる。お湯をすくって顔を洗ってみるが、まだ目覚めた感覚にはならない。頭はまだ、あの世界のなかにいるからだ。取り残されている。最後まで観終えないと、帰ってこられないとすら思う。

映画、『ミザリー』。

あの巨漢の女性アニーから、作家の先生は逃げおおすことができるのだろうか。原作小説があると聞いているけど、わたしは読むより、観るほうが好きだ。

足を折られた彼は、あのあとどうなるのか。反撃するのか。それとも怪我《けが》が悪化していくのか。脱出を画策していたけど、事態はさらに追い込まれた。ああもう、早く体を洗ってリビングに戻りたい。

「痛そうだったなぁ、足」

湯船からのぼる水蒸気がこびりつき、水滴のついた天井を眺める。声をもらし、気づけば主人公のくだかれた左足と同じ部分をさすっていた。さするたびに、湯船が静かに揺れて、ここはアニーの部屋ではなく、朝宮《あさみや》家の風呂場だと教えてくれる。

風呂からでて、髪を乾かせと母にまた怒られながら、それでも無視してまたテレビをつける。とまっていた、さっきの画面から再上映しなおす。

「もう、せめてタオルで拭きなさい」

母がバスタオルを頭にかぶせてくる。画面が見えないので、わきにどける。

「観ているうちに乾くよ」

あきらめた母が、とうとう去っていった。

幼いころから、映画の魔力にとりつかれている。

現実が吹き飛ぶような映像技術。そしてときに、あまりにも身近で、自分が少し冒険してみれば、こういう世界が本当にあるかもしれないと思うほどのリアリティ。

　場面を盛りあげる音楽もそう。絶妙なタイミングで入り込んできて、その入口がわからないほど、自然と流れてくるサウンドトラック。ときに恐怖し、興奮し、緊張し、感動し、涙する。

　俳優の演技に揺さぶられる。心がそのまま入り込んで、俳優が叫べば自分も叫びたくなる。わずかな口元の変化だけで、感情を表現していると気づいたときの興奮。この気づきを誰かに共有したくなる、欲求。

　映画自体にこめられた、メッセージに共感する。監督がこめた、伝えたいこと。それが映像の節々から投げかけられ、観終えたあと、こういうひとりきりの時間のときに、考えさせられる。わたしの人生が、映画というものに、まるごと呑《の》み込まれている時間。心地がいい。

　観終える前と、観終えた後で、物に対する認識が、必ずどこか変わっていくのを感じる。呑みこまれるし、塗りかえられる。

　だから、映画って、すごい。

2

映画を観ている時間以外のほとんどは、わたしにとっての「シーンの合間」だ。朝起きて歯を磨《みが》く。朝食を食べる。高校にいく。授業を受ける。お昼休み。そして授業、あっという間に放課後。そんなそれらは、わたしという人生が上映されているなかでの、映らない場面にすぎない。

だけど、放課後からは少し違う。家で映画をひとりで観ているほかにも、わたしの人生には上映されている場面がちゃんとある。これでも華の女子高生だ。こんなわたしにだって、友達はいる。そう、ちゃんと青春を語り合える仲間がいる。

部室棟に移動し、3階の隅、どの部屋よりも狭い間取りの1室。

ドアの前のプレートには、『視聴覚文化歴史資料研究同好会』の文字がある。どうしてこんなにわかりにくい名前なのかというと、理由はそのものずばり、わかりにくくするためだ。ひとを集まりにくくするための作戦。漢字や言葉の量を増やし、具体的にみせかけて実はあいまいにし、本質をさとらせない同好会。そしてその中身は。

部室に入ると、すでにメンバーのひとりであるミーコがいた。映画雑誌をわきにおき、携帯をいじっている。机にはチョコレートの菓子もあけられている。

黒髪と、天然のゆるいパーマ。小さな顔と、アイドルみたいに大きな瞳。誰にでも笑顔と愛嬌《あいきょう》をふりまくミーコだけど、ここではオフになる。

わたしに気づいたミーコが、携帯を置く。

「お疲れ、陽」

「ミーコひとり?」

メンバーはわたしとミーコのほかに、あと2人いる。この同好会は、ぜんぶで4人。

「あいつらならじきにくるでしょ」

「そっか」

あいづちを打ちながら、部室の隅にある冷蔵庫をあけて、コーラをだす。それほど冷えてなかった。不良品なので、たまに電気がとまることがある。新品を買うお金もないので、仕方がない。ミーコがあたしの分も、と振り向きもせずに言ってくる。お嬢様にそっと笑いながら、もう1本をだして、渡してやる。

冷蔵庫の近くにあるバスケットには、お菓子が山と積まれている。ポップコーンのうすしお、ポップコーンのバターしょうゆ、ポップコーンのキャラメルもある。あとはポテトチップス各種に、チョコレート菓子もいくつか。それぞれが自由に持ってきて、放りこんでいく。ちなみにポップコーンはわたしの趣味である。ミーコはチョコレートが多い。

席につきながら、ちょうどよかったので、もってきたDVDをミーコに返す。

「『ミザリー』、観たよ。ありがとう」

「どうだった?」

「面白かった! 怖かった!」

期待していた通りの反応をわたしが見せたのか、ミーコがにやりと笑った。

「けっこう強烈なキャラクターだったでしょ」

「おかげで寝られなかったよ。ずっと考えちゃった」

「吹き替えの声優もいい感じだから、吹き替え版まだ観てないなら、そのまま貸すけど」

「ほんと? じゃあそうしようかな」

「やっぱり陽はあいつらと違って、映画の好みとかあまりうるさくないから、気軽に貸せていいわね」

「あはは、うるさいだなんて。でも、わたしにだって好みはあるよ。青春ものとか、恋愛ものとか」

「でも陽は……」

ミーコが答えかけたところで、ドアがまた開いた。ミーコの言う、あいつらのうちのひとりがやってくる。ドアが開くよりも前に、曇りガラスの向こうから、その身長の高さですぐに誰かわかった。

「おつかれさま」

体の大きさに見合わない、か細い声。わたしやミーコよりも長い黒髪。寝癖《ねぐせ》が目立つけど、整えれば体格と相まって、モデルのようにすら思える。着飾れば可愛《かわい》いはずなのに、本人の意思でかたくなに磨かれようとしない、そういう原石が、神崎《かんざき》いおりという子である。いおりちゃんはわたしの手元にあるDVDに気づき、すぐに作品名を当ててきた。

「『ミザリー』だなんて、陽ちゃん、めずらしいね。もしかしてスティーヴン・キングのファンになったの？　ああ違う、わかった。ミーコちゃんの趣味だ。スプラッタとホラーは得意分野だもんね」

「ちょっと、まるであたしが猟奇《りょうき》好きみたいな言い方しないでよ。部外で言ったら許さないからね。築きあげてきたキャラが壊れる」

「ハンニバル・レクター演じるアンソニー・ホプキンスが、脳みそを食べるシーンを見て、あたしも食べてみたいってつぶやいたミーコちゃんが、どうかしたの？」

「部内では何言ってもいいと思うな」

ミーコはわたしのポップコーンの袋をあさり、ひとつ取って、警告と同時にいおりちゃんにつきつける。いおりちゃんは謝罪するように両手をあげた。

いおりちゃんの席はわたしの隣だ。部内ではわたしが一番背が低いので、横に並ぶと、その差が歴然である。

「いおり、あんた、また背ぇ伸びた？」ミーコが言った。

「え、うそ」

いおりちゃんの顔が青ざめ、自分の体を見回していく。

「うわあああ、やめて。もうこれ以上伸びないで。つまようじだなんて呼ばないで。触れたら折れそうとか、虚弱とか、ひととか食べそうとか。みんなそんなイメージを持ってるに決まってるのよ。目立ちたくない。足でも切り取りたい。お願いそうして。大丈夫、私が責任持って食べますから」

「誰もそこまで言ってないでしょ……」

あんたのほうがよっぽど猟奇的だ、とミーコは、食べかけたチョコレートを手元に戻してしまう。ときどき、こと自分の身長に関してはコンプレックスを持っているいおりちゃんは、こうしてネガティブ思考になったりする。そういうところも、どこかわたしと似ているような気がして、親近感を覚える。逆にミーコのように自分を飾っていく考えも理解できて、友達って本当に、自分の一部を見ているのと同じだな、と実感する。

「いおりちゃんはなんか映画観た？　昨日の夜」わたしが訊いた。

この部室にくれば、話題はひとつしかない。

視聴覚文化歴史資料研究同好会とは、つまるところ、そういう場所だから。

いおりちゃんの沈んだ顔色が元に戻り、語りだす。

「『ゼロ・グラビティ』。２人とも観た？　素晴らしかったの。全編通して、メッセージに富《と》んでいた」

「あ、わたしも観たことある。映画館で、すごかったな。あの宇宙をぐるぐるまわる、映像。ミーコは観た？」

「サンドラ・ブロックとジョージ・クルーニーのやつでしょ？　船外活動中に、事故で宇宙に放りだされて、地球に生還しようっていう。演技と音楽が凄《すご》かったのは覚えてる」

わたしは映像、そしてミーコは俳優の演技に、映画音楽。それぞれ、着眼する場所は違う。映画というひとつの山を、いろんな角度からわたしたちは見る。いおりちゃんの場合は、映画自体のストーリー、メッセージ性や暗喩《あんゆ》にその視点を持つ。

「ただのシチュエーション・スリラーや、ＳＦサスペンスで終わらないところが良いと思うの。ライアンが中盤に、ソユーズ内で体を丸めて眠っているシーンなんて赤ん坊のようだし、彼女の宇宙服から伸びる船外用のロープはへその緒も象徴してる」

「あ、それならわたしも気づいたよ」

少し得意げになって、笑って見せる。いおりちゃんの興奮はまだとまらない。映画を語るときの瞳は、容姿関係なく、みんな輝く。

「最後に『天宮』で地球に着陸していくシーンもそう。切り離された『神舟』や、ほかの残骸《ざんがい》が燃えながら、一直線に地球を目指しているところは、着床《ちゃくしょう》を表現しているよね。地球自体が子宮で、ライアンが乗る神舟が精子なのよ」

「へえ、それは気づかなかったかも」

いおりちゃんが言っていた場面は、壮大なクライマックスのシーンで、ここぞとばかりにサウンドトラックも栄《は》えていた。主人公を乗せた脱出船は、地球の湖に着水する。いおりちゃんの言葉通りなら、あの湖は羊水を象徴していて、最後に重力を感じながら地面で立ち上がるシーンは、誕生を描いているかもしれない。ああ、思い出していると、なんだかもう一度観たくなってきた。

いおりちゃんが『ゼロ・グラビティ』を熱く語っていると、最後のメンバー、ナツがやってきた。

「おっす」

ドアをあけたとたん、明るめの茶髪と、なぜか着ている体操服がとびこんでくる。ボデイペーパーで首元を拭きながらきたようで、ミーコが汚いものでも見るような顔になる。

挨拶《あいさつ》をかわしながら、ナツはお決まりの席であるミーコの横に移動して、カバンを置く。カバンは完全には閉じておらず、なかに制服がぎゅうぎゅうにおしこめられているのがわかった。

「陸上部でペースメーカー頼まれちゃってさ。仕方ないから付き合ってきたよ。いやあ走った走った」

辻堂夏月《つじどうなつき》で、だからナツ。

夏が名前に入っているだけあって、そこぬけに明るく、派手で快活な女の子。友達ならいくらでもいそうだし、もっと充実した学校生活だってナツなら送れそうなのに、1年からいままで、ずっとここでわたしたちと過ごしている。ある意味、わたしにとっては、いおりちゃんよりも不思議な存在。

ナツはカバンから制服を乱暴にだして、着替えようと、体操服を脱ぎだす。それにミーコが嚙《か》みついた。

「ちょっと、こっちに体操服投げないでよね！　臭《くさ》いし、最悪っ」

「え、臭いってこれのこと？」

「ぎゃあああ！」

服をなすりつけてきて、ミーコがあばれだす。調子にのったナツがそのまま下着姿で抱きつき、さらにミーコが悲鳴をあげる。

「最低！　不潔っ、同じ女子として信じられない」

「ミーコこそ、また香水変えて、こっちこそ鼻が曲がるね」

わしわしと、とどめにミーコの髪を乱暴に撫《な》でる。殴《なぐ》られそうになったところを、ナツは得意の運動神経でよけてしまう。

「せまい部室なんだから、あんまり暴れないで」いおりちゃんが、いつものことだとわかりつつも、苦笑いで言った。

おしゃれな身なりに気をつかうミーコは、ある意味、ナツとは正反対だ。服は着られればそれでいい。生き方はとことんストレートで、自由そのもの。そんなナツの映画の趣味もまた、わかりやすい。

「そいえば、いおりがなんかエキサイトしてたな？　どうせまたメッセージ性がどうのこうのでしょ？　ああもう、頭が痛くなる。その場にいなくてよかったよ」

着替え終えたナツは、部室の壁沿いにそなえつけられた棚《たな》から、さりげなくＤＶＤを抜きだしていく。棚はミーコとナツの座る側と、わたしといおりちゃん側にひとつずつあって、それぞれがぎっしりと、すべて映画関連で埋まっている。最近、みんなで協力し、ジャンル別に合わせて、整理しなおしたばかりだった。整理をするなかで何が一番苦労したかというと、1本気になる映画が見つかるたびに、会話が弾んでしまうことだった。性《さが》なので仕方がなかった。

「映画はエンターテインメントなんだから、日常からかけ離れたものを見ないと。派手にアクション！　それで十分よ」

「そうは言うけど、ナツちゃんの好きなヒーローものだって、深い作品がたくさんあるよ。クリストファー・ノーラン監督の『バットマン』シリーズとか」

いおりちゃんが続ける。

「『ダークナイト』にでてきたジョーカーの、ひとの正義感や倫理観《りんりかん》を揺さぶる発言や行動が……」

「いいの、いいの。建物が爆発して、ヒーローがかっこよく兵器とかつかって、活躍してくれたらそれでいいの。『バットマン』いいよね、あのスーツとモービル、超かっこいい」

ナツが抜きだしたＤＶＤは、どれもハリウッドのアクションものだ。名作が多く、どれも題名を見ただけで、そのテーマソングが頭に浮かんでくるものばかりである。黙らされたいおりちゃんと目があって、お互いに苦笑いする。本当にわたしたち、好みが徹底している。それにしても、映画好きが４人も集まって、好みがかぶらないというのも、なかなか面白い。

「さ、どれ観ようかな」

「ちょっと待ちなさいよ。なに勝手に選んでんの。多数決っていつも言ってるでしょ」

ナツが選び始めたところで、すかさずミーコが止めにはいる。ミーコが言っているのは、この部室での視聴の権利のことだ。

窓際に1台、32インチのテレビを置いている。そのしたにはDVDとブルーレイの観られるデッキがひとつ。電波は拾えない。ほんとうに、映画を観るためだけのテレビである。みんなでお金を出し合い、買った備品だ。入部当初は、卒業生が残していってくれたDVDのコレクションこそあったものの、テレビは16インチの小さいものしかなかった。

視聴覚文化歴史資料研究同好会。

プレートをはがし、ドアを開ければ、なんてことはない。映画好きの4人が、映画について語り合い、映画を観る、ただそれだけの同好会だ。

1年生のころ、入会前は『映画研究会』と、もっとわかりやすい名前だった。同好会の名前をわかりにくくして自分たちだけの空間にしてしまおうという作戦は、元々ナツの発案によるものだ。メンバーがわたしたち4人になったところで、誰が言いだしたのかは忘れたけど、これ以上はいれたくないと口にした。3人でも5人でもなく、4人こそが、この部室ではちょうどいい人数だった。90分の映画はあっという間、150分の映画は少し長い。120分くらいがちょうどいい。わたしたち4人は、つまりそんな感じ。

ナツが『ミッション：インポッシブル』のブルーレイを持ってデッキに向かおうとしていた。さっきまであんなに触られて嫌がっていたミーコが全力でナツの体をつかみ、阻止しようとしている。いおりちゃんが止めに入ろうとしているが、その手にはちゃっかりと『シックス・センス』のDVDを持っていた。『シックス・センス』とは、これまた懐かしい。中学生のときに観ようとしたら、お父さんに「おお、ブルース・ウィリスが死んでるやつか！」と横で叫ばれた思い出がある。あれは許せない。

「あんた昨日も『トップガン』観てるでしょうが！」ミーコが叫ぶ。筋力ではかなわず、じわじわと、ナツの進行をはばめず、デッキに近づかれている。

「あたしのなかでは、トム・クルーズがいまきてるんだよぅ」

「ナツちゃんも好きなジャンル、もっと増やせばいいのに。陽ちゃんみたいに」

いおりちゃんの言葉に、いきなり話題を向けられて、ぎくりとなる。傍《はた》から楽しんでいたのに、急に当事者になってしまう緊張感。

「陽は主張がないだけだろー。嫌いなものがないっていうのは、好きなものがあることにはならないぞ」

当のナツは、それほど深い意味をこめて言ったわけではないのだろう。だけどわたしのなかには、ぐさりと、それが突き刺さった。気づいたときには、ムキになっていた。

「あ、あるよっ、わたしにだって観たいやつ！」

「じゃあなんだよ、だしてみろ」

焦って、思わず振り返り、パッケージをひとつ手に取った。すぐに机に置いて、それをナツたちに見せつける。自分でも何を取ったのかわからない。だけど今日はこれが観たかったのだという態度を、あくまでもつらぬくことにする。

机に置いたDVDを、４人全員で見下ろす。

「『タイタニック』？」

自分で選んだくせに、声がでてしまった。

「また古風なものを。でもまあ、恋愛もの好きって言ってたしね」ミーコがため息まじりに手に取る。少しホッとして、さらに2人の言葉を聞く。

「私、これを見てから船に乗れなくなったの。船っていう密閉された空間のなかに海水が浸入してきて、逃げられないのを想像するとぞっとするし、海にとびこんでも、あれだけ広大な空間のなかに自分が放り込まれたらって思うと、気絶しそうになる」

「あはは、いおりは相変わらずのネガティブ」

　ナツが笑いながら続ける。

「でも、これもアクションっていえばアクションだよね。恋愛ものにしては派手だし、スケール大きいし、あたしは好きだよ」

　さらに、ミーコも加わる。

「とらえかたによっては、いまのいおりみたいな感想がでてくる時点で、ホラーとも言えるんじゃない？　船のなかで慌てているひとがいたり、自分だけ助かろうとやっきになっているひとがいたり、絶望しているひとがいたり、そういう人間模様が観られるのは面白かった」

「私、船が沈む最後まで、どれだけ傾いても演奏を続けていた音楽隊が好きなの」

「わかるわかる」

　いおりちゃんの言葉に、わたしがうなずく。盛り上がっている横でナツが『タイタニック』を手に取り、そのままデッキのなかに投入した。いおりちゃんもミーコも、文句は言わなかった。テレビの電源が入り、上映が始まる。なんとかみんなをごまかすことができたと、小さく息をつく。

映画に集中するために、ポップコーンをひとつ手に取り、口に含んだ。それでわたしのなかでは、スイッチが入る。みんなも同じように、画面に集中し始める。ほんの数分前まで騒いでいた部室が、嘘のように静かになる。シーンが切り替わったように、ここはあっという間に映画館になった。

『タイタニック』。言わずと知れた名作映画。豪華客船、タイタニック号の事故の史実をもとにしてつくられた、ラブロマンス。レオナルド・ディカプリオという俳優を世に知らしめた作品でもあり、主題歌も有名になった。

すぐれた映画や、成功した映画にはみんな、シーンのなかにフックがあるとわたしは思っている。『タイタニック』と聞けば、甲板の先でヒロインのローズが両腕を広げ、それを主人公のジャックが支えるシーンが浮かぶように。そういう、覚えやすい印象的なシーンがひとつでもあれば、ひとに伝えやすい。そうやって評判が広がっていく。評判が評価をつくり、興行収入という形が生まれる。

映画の中盤になると、時間も経ち、窓から西日が射してきた。もう夕暮れが近い。ナツがいち早く気づいて、カーテンをしめた。呼応するように、スイッチに一番近いおりちゃんが立ち上がり、部屋の明かりを消す。こうなると、いよいよ映画館である。

前半のラブストーリー、ジャックとローズの駆け引きに心が高鳴る。何度も見ている場面だけど、つかず離れずの2人に、くすりと笑ってしまう。向かいのミーコは俳優の演技に意識を向けている。客船から広がる海などの背景は一切おわず、視線がそそがれるのは、俳優の顔や動作だけ。1度は聞いたことのあるサウンドトラックが流れると、いおりちゃんが姿勢を正す。

後半になると、一転、パニック映画さながらの様相を呈す。船がゆっくりと沈みだし、乗客がパニックになる。こうなるとにやつきだすのが、ナツだ。ポップコーンを食べる勢いが、比例して早くなるのが面白い。

この部室が、もしもまるごと、客船の部屋の一部で。

傾きだしたら、どうなるだろうと想像する。

棚や机が派手に動き、DVDもすべて床に散乱する。冷蔵庫がひっくり返り、なかの飲み物が飛びだしていく。水圧で窓が割れそうになる。

ここもうあぶないと、私たちは逃げだすだろうか。去っていくだろうか。

そんな日は、現実でくるだろうか。

水があふれてきたり、部屋が傾くことはないけれど、ここを去る日というのは、きっとくるだろう。

ジャックやローズと同じように、わたしたちにも。

「期限がある。ここで生きられる期限だ。そう、猶予《ゆうよ》。わたしたちはもうすぐ3年生になる。あと1年。ここを去るってことだ。わたしたちにとっての氷山はすぐそこまできてる。これからどうなるんだろう？　あと何回映画が観られるかな。それでわたしは……」

「おーい、陽」

声をかけられ、同時にぽん、と頭にポップコーンを投げ当てられる。ナツだった。あきれ顔でこっちを見ている。ほかの2人も映画ではなく、わたしのほうを向いていた。

我に返り、やってしまったと気づいた。

「ご、ごめん」

「お前たまにやるよなー、心の声がだだもれるやつ。ほら、なんて言ったっけ？　この前、いおりが命名したよな」

言って、ナツがいおりちゃんに振る。いおりちゃんは小さな罪悪感を抱えた顔で、ぼそりと、こう答えた。

「トランスレーション」

「そう、それそれ」ナツが笑う。

「集中力がよすぎると、そういうことが起きるのね」頬杖《ほおづえ》をつき、溜息とともにミーコが言った。

「その集中力が勉強には活《い》かせないのが、またもったいないよな。興味がないことには向かないんだろ?」

「もうっ、わたしのことはいいってば。許してよ」降参するように、わたしはうめいた。

ナツがまた笑う。

考えていることが、気づけばそのまま口にでていることがある。私の癖《くせ》だった。

幼稚園や小学校のころは熱心に絵をかいたり、パズルを解いたり、ひとつのことに集中する力があると褒《ほ》められたこともあったけど、いまでは立派な悪癖《あくへき》だ。自分でも集中している状態が把握《はあく》できていないし、挙句《あげく》の果てには、「トランスレーション(通訳)」だなんて呼ばれてしまう。私は無意識に、心を通訳してしまうことがある。

「まあ確かに、陽の言う通り、もうすぐ3年生だよな。来週から始まる春休みが終わったら、あっという間に受験生だ」

ナツが言った。あーあ、と大げさにため息をつきつつも、これからくる未来に対して、飄々《ひょうひょう》とあざ笑ってやろうという顔だった。

ミーコは不機嫌そうに自分の爪を見る。

「結局、3年間この部室で過ごすことになりそうね。まともな青春、しとけばよかったかな?　色恋とか。でも同い年の男子って、なんだか幼稚に見えるし」

いおりちゃんが続く。

「私はそもそも、色恋にすら恵まれなかったから、どっちでもいいというか。こうしてる時間も楽しいし」

まあね、とナツがそえる。

でも、ずっとは続かない。

この部室で、永遠に映画について語り合えたら、どれだけいいだろうか。時間もとまって、この4人で映画を観られたら、どれだけ幸せだろうか。

それから春休みの予定について、みんなで少し話して盛りあがった。それぞれに予定はあったけど、どこかで集まり、映画館でひとつくらいは観ようという話になった。いつもの遊びと変わらないねと、誰かが言って笑った。

ようやく映画に意識を戻すと、気づけば船が沈んでいた。


トランスレーションという悪癖のほかにも、わたしには呪いがひとつある。

家に帰り、部屋にこもって眠る前、携帯の画像フォルダから友達の写真を見つけようとするたびに、わたしはそれを思い出す。あまりの少なさに、自分の呪いをなげく。

小学校3年生のころ、1度引っ越しを経験した。それまで仲が良かった友達とも連絡がとれなくなって、それきりだった。

新しい学校でも、仲良くしてくれる子が何人かいた。だけど卒業して、違う中学になると同時に、交友が途絶えた。遊びに1回誘ってみたけど、予定が合わなくて、断念し、それっきりだった。

中学校ではうまくやろうと思った。誘われたら必ずイエスとうなずいて、遊びにつきあった。メールがきたらすぐ返すようにした。喧嘩《けんか》もしたくなかったから、なるべく目立つような発言はしないようにした。それでもだめで、卒業して、それきりになった。

3年置きに、友達が変わっていることに、ようやく気づいた。クラスメイトから、小学校のころからの親友がいるという話をされるたびに、おとぎ話でも聞かされているような気分になった。どうやったら、そんなことできるのか。長くひとと付き合うコツって、いったい何なのか。理由がわからなくて、だからこれは呪いだと思うことにした。3年周期の呪い。

携帯の更新は、2年ごとの契約が多い。もっと料金が安くなるからと、別のプランと機種に半ば無理やり変更させようとしてくる。両親も負担が減るというので、受け入れている。携帯を変えるたびに、画像フォルダを新しい携帯に移し替える必要があったが、わたしはそれをしなかった。だから携帯で友達と写真を撮っても、卒業し、携帯を変えるたびに中身がリセットされていく。

友達がいなくなる虚しさを味わうたび、わたしを救ってくれたのが、映画だった。

画面のなかで活躍する登場人物たちはとても人間的で、苦しみ、最後には笑い、とても活き活きとしていた。青春映画や、恋愛ものが好きだ。彼らが学園生活や、仲間とともに日常を過ごす姿にあこがれる。彼らだけの、一生の思い出が紡《つむ》がれているシーンを見るたびに、心臓をしぼられるような苦しさが襲ってきて、でも、それでも何度も観てしまう。ハッピーエンドを迎えると、ほっとするし、ほろ苦い終わり方をすると、主人公と一緒に泣きそうになる。

電気を落とし、携帯の明かりだけがともる部屋。画面の光に浮かされた自分の顔が、なぜか俯瞰《ふかん》的に脳裏《のうり》に浮かぶ。わたしの表情はどこかむなしい。

画像フォルダをあさり、高校生活でためてきた、あの3人との写真。部室でまったりしているとき。花火大会に行ったとき、映画のロケ地をめぐったとき、映画祭のために沖縄に旅行に行ったとき。

高校に入り、あの部室で3人と出会った。映画好きの友達は、初めてだった。

この思い出も、リセットされてしまうのだろうか。

3

いつもより10分早く家をでた。5分早く電車にのり、結局、いつも通りの時間に校門を通った。足取りが遅かった。

昇降口の前の掲示板に生徒が群がっている。係の男性教員が、「確認したものから順にクラスへ！　出席番号も忘れないように！」と声を張りあげている。何十分前からそうしていたのだろうか、すでにかすれていた。少しでも掲示板の前ではしゃいでいると、とたんに注意される。

自分の名前をA組から確認しようとして、すぐに見つけた。出席番号も3番。朝宮なので、このへんは得だ。

教室にはいり、黒板にかかれた出席番号の席に移動する。3番目は、窓際の列だった。朝宮なので、このへんも得だ。

「よっす」

席につくと同時に声がかかって、見上げるとナツだった。ほっと息をつく。よかった。知っているひとがいた。

「ナツだ。ナツと同じクラス、やった」

「はいはい、ナツちゃんですよ」

おどけて1回転、お姫様のようにスカートの端をつまんで、1周してみせる。遠心力で、髪もふわりと浮きあがる。それで気づく。

「髪の色、また変えた？」

「明るくしてみた。ちなみにスカートも規定より5センチ短くしてる」

「茶髪っていうより、金髪のほうに近いよね、それ、さすがに地毛では通らないと思うけど……」

うちの学校は基本、染髪が禁止されている。地毛であるなど特別な理由は配慮《はいりょ》されるが、ナツのそれは、明らかに性格や好みを反映した人工的な色だ。

「いいんだよ、これくらい。３年生なんだから最後くらいはっちゃけさせてほしいよ。入学時から思ってたけど、がちがちすぎるんだ、ここ」

一応は進学校のうちは、持たされた生徒手帳もびっしりと、校則の数は10ページにわたる。ちなみにナツの生徒手帳は、「校則」の部分が黒で塗りつぶされて、「拘束《こうそく》」と書きかえられている。ばれたら反省文ものだ。

「担任の先生に言われるんじゃないかな」

「むしろそれが目的だよ。あたしはこういう人間です。だからどうぞ、1年よろしく、ってさ」

「あはは、ナツらしい」

「それにしても、最後の年は陽と同じクラスか。陽とは初めてだよな。ちょっと新鮮」

「うん、わたしも。うれしい。ちょっと気楽になった」

そのとき、ナツのスカートのなかで震動の音がする。携帯をとりだし、いおりちゃんからのメールだと教えてくれた。ちなみにここまで堂々と携帯をだしてチェックしている生徒は、なかなかいない。いおりちゃんも、こっそり隠れてメールを打っているはずだ。教室のドアに背を向けていて、先生がいつやってくるかもわからないのに、呑気《のんき》に返信している。マクドナルドにいるみたいだ。

「いおり、クラスでひとりだってさ。このぶんじゃ、ミーコもだな」

「いおりちゃん、去年はナツと同じクラスだったっけ」

「1年生のころはミーコと。何気に3人と同じクラスになってるの、あたしだけだな」

そのとき、ナツに声がかかる。わたしの知らない女子たちが手を振ってきていた。おー、と気楽に手を振り返す。ナツは交友関係が広い。いおりちゃんも、ミーコも、こんな風景を傍《はた》から眺めたのだろうか。敗北感や劣等感、とまでは言わないけど、なんだか、ひととしてのの出来の差を見せつけられた気分になる。それと、ほんの少しの寂しさ。

友達は自分をうつす鏡とよく聞く。ミーコやいおりちゃんにはそれを感じる。けど、ナツはどうだろう。わたしのどんな部分が、ナツとかぶるだろう。

「今日も部室いくの、少し遅れる。テニス部の新入生歓迎試合で、人手が足りないから、頼まれちゃってさ」

「すごいね、さすがスポーツマン」

ぼそりと思わず、こう続けてしまう。

「そのまま入部させられちゃったりして」

「あたしが？　あはは、ないない」

わたしの不安に気づいていたのか、それともまったく勘付かず、素で返事したのか、とにかくナツはそう断言した。

「というか、あたしたち3年生だし。受験勉強もあるんだから」

「ナツも大学、進むの？」

「やりたいこともないしね。情けないことに。まあ、社会にでるのを引き延ばすくらいが、目的かな」

その気持ちは、少しわかる。やりたいことが見つからない。4年間で見つかるかといえば答えられないけど、かといって来年、自分が社会にでて働いている姿はかけらも想像できない。曲がりなりにも進学校だから、両親の面子《メンツ》も考えて、ひとまず、学力にあった場所を目指す。たぶん、わたしもそんな感じになる。

「予備校は通うの？」わたしが訊いた。

「まだわかんない。その気はないけど」

「そっか」

「なんか陽。少しホッとしてる？」

え、と思わず声がでる。ナツともろに目が合う。彼女は意外と、勘がするどい。何も考えずに、楽しさだけを求めて笑いつづけるだけの女子だと思うと、たいていのクラスメイトは痛い目にあう。

ナツの視線に圧力を感じ、そらそうとするが、その前に意図に気づかれてしまった。ぽん、と納得したように手を叩き、言ってくる。

「あたしが部室にこなくなるんじゃないかって、心配なんだ。それでさっきもテニス部に入るとか、心配してた」

「……うう、まあ」

「はは。大丈夫だよ。もっというなら、このクラスにも何人か話したりする仲の子はいるけど、来年は忘れてるような関係だから。ほとんどの生徒はそうなる自信があるよ」

「ナツにしては、そっけないね」

「そんなことないよ。最初からこれがあたし。まあ、両親が離婚してるとこういう価値観になるのかもね。友達って、結局は周期で変わるし」

さらりと、家庭事情をまじえて、それでも何でもない風に、けらけらと笑う。こういうナツは、一緒に過ごして何度か見たことがある。平気な顔で笑い、自虐《じぎゃく》を披露する。わたしはしばしば、リアクションに困る。だけどいまの発言に関しては、後者のほうが気にかかった。

友達は周期で変わる、という言葉。まるでわたしの心を、ナツが読み取って口にしたみたいだった。ああ、彼女とわたしの似ている部分は、ここなのかもしれない。

そんなことよりさ、とナツが話題を変える。

「屋上に鍵《かぎ》がかかってるだろ？　キーロックのやつ。さっき聞いたんだけど、去年、あれの暗証番号を解いたやつがいるらしいんだよ」

「へ、へえ。変なひともいるんだね」

「みんなで入ってみたくないか？」

「いやいや、校則違反だよ。よくないよ」

「いくじなしだな。噂《うわさ》だけど、番号は確か……」

そこでチャイムがなり、着席の合図になる。ナツも会話を切り上げて、仕方なく自分の席に戻っていく。苗字《みようじ》は辻堂だから、席は2列ほど遠い。

教室のドアを開けて、担任となる先生がやってきた。掲示板では自分の名前しか確認していなかったから、やってきた先生を見たとき、心のなかで叫びそうになった。カツラをつけていることで有名な男性教員、鴨野《かもの》先生だった。去年はミーコのクラスの担任で、話は聞いていた。授業中にたまにずれることがあって、少しでも笑ったりすると、理不尽な注意を受けて、以降は目をつけられてしまうらしい。

鴨野先生が出席簿を開き、席と生徒を順番に確認していく。さっきまで会話でにぎわっていた教室の空気はもうない。笑ってはいけない1年間が始まると、妙な緊張感と連帯感に包まれているような気がした。

チェックしている鴨野先生の視線が、ふととまる。おい、と声をかけられたのは、なんとナツだった。

「辻堂夏月、お前、その髪は明るすぎるぞ」

「ええ～、そうですかねぇ」

「明日までに染めてこい。でないと反省文だ」

「染髪ってそんなにだめですか？」

「髪を飾るのは校則違反だ」

「先生のカツラはセーフ？」

ぶっ、と近くの男子生徒が噴きだした。こらえきれなかったほかの数人も、リアクションしてしまい、連鎖的にくすくすと笑いを広げていく。こういうことを平気でやるナツは、本当にすごい。すごいけど、いまだけは他人のフリをしよう。

「ああ、生徒手帳を確認してみたら、カツラの着用はどこにも書かれていませんね。失礼しました。どうぞご自由に頭部を飾ってください」

「訂正《ていせい》。お前は今日中に反省文だ」

えええええっ、と大げさにリアクションする。抗議するが、鴨野先生は翻《ひるがえ》さない。耳のあたりが真っ赤になっていた。

ひととの関係は長くは続かない。一番絆《きずな》が深いと信頼していた両親でさえ別れることを、ナツは早いうちに知ってしまった。

だから彼女の行動は、自虐を顧《かえり》みず、しばしば派手になる。髪を染めるし、スカートも短くする。屋上に侵入したがるし、教師に嚙《か》みつくことだってある。自由を求め、反逆者《レジスタンス》となる。

それはハリウッド映画のなかでは、数多く語られてきたテーマのひとつだったりする。

反省文を書きに職員室に向かうナツと途中で別れ、部室に向かう。

部室棟は新しいほうと古いほうが2つあり、同好会レベルのものは古いほうのわきへと押しやられる。新入生が、新しいほうの部室棟へとぞくぞくと向かっていくなかで、古い部室棟はすがすがしいほどの大人しさだった。

3階奥、蛍光灯が点滅し、消えかけている廊下《ろうか》を進む。途中、誰が飲んだのかもわからない紙ジュースのパックが落ちていて、そっと拾い、近くのゴミ箱に放る。

部室に入ると、すでにミーコがいた。彼女は一番乗りになることが多い。

テレビがついていて、白黒のサイレント映画が流れている。机に置かれたＤＶＤパッケージには『アーティスト』とあり、数年前にアカデミー賞を5部門を受賞した映画だと思いだす。ミーコは髪の毛を、指でくるくると巻いて遊びながら、それでも視線は画面に集中しているようだったので、そのまま黙って向かいに座ることにする。気づいたミーコが、テレビの音量を下げて、話しかけてきた。

「陽とナツ、同じクラスだって？」

「うん。ナツはいま反省文書きにいってる」

「え？　なにあいつ、早々にやらかしたの？」

「担任が鴨野先生で」

「ああもうわかった、言わなくていい。全部理解した」

ミーコがため息をつき、手で振り払うジェスチャーを見せてきて、思わず笑う。

3年生。学年もひとつあがり、クラスも新しくなって、なんとなく、ミーコはどこか変わったかな、と様子を探ってしまう。見た目はいつもと変わらない。2年生のころと同じ、ここで集まり、自由に映画を観る。そんな雰囲気《ふんいき》。

「いおりちゃんは？」わたしが訊いた。

「昼休みに1度会ったわ。なんか、美化委員を押しつけられたって嘆《なげ》いてた」

「確か校内を掃除《そうじ》させられるやつだよね」

「いまごろ、どこかやらされてるんじゃない？」

うちのクラスも午前中、委員会決めを行った。各委員会はクラスごとに2名ずつ選出される仕組みで、クラスの半分がどこかに所属することになる。逆にいえば、半分は無所属でいられる。わたしはなるべく窓際の席から、さらに窓際により、気配を消した。作戦は成功だった。ここに一番乗りしている様子をみると、ミーコもセーフだったらしい。

「軽音部の男子数人に話しかけられて、ちょうどいいから、文化祭実行委員を肩代わりしてもらった」

「へえ、さすが」

学年があがっても変わらない、いつものお嬢様のミーコである。異性には評判がよく、同性に敵をつくりがち。でも、そんな状況すらもミーコは楽しむ。からかいに満足したように、ボタンを戻し、ミーコは視線をテレビに戻す。

佐々木美由《ささきみゆ》。自分を飾るのが得意で、どう見えれば自分が一番輝くかを理解している、かしこい女の子。なりたい自分になり、相手の求める自分になろうとするその姿が、少しだけ、自分と重なる。

友達と少しでも長い関係でいたくて、否定したり、自分を主張することがしだいになくなった。だから主張しない人間だと指摘されると、どきりとする。内面を、暴かれそうで、不安になる。

何かの言葉で傷つけたりしたらと思うと、喉《のど》のところで言葉がとまる。

ミーコが不機嫌になったりしたら？　無意識に傷つけて、ナツと喧嘩《けんか》でもしてしまったら？　いおりちゃんを泣かせるようなことを言ってしまったら？

相手を傷つけた自分が、いてはほしくない。

考えて、自分のまわりに散らばる言葉の看板を必死に吟味《ぎんみ》する。丁寧《ていねい》に選び、持ちあげ、掲げていく。正解だったかな、とあとで何度も思い返したりする。

「ねえ、陽ってば。聞いてる？」

ミーコの言葉で我に返る。どうやらまた、トランスレーションしかけていたらしい。言葉にはしていなかったから、ぎりぎりセーフなはずだ。

「ごめん、なに？」

「陽はどこ受験するの、って聞いたの」

志望校。実はなんとなく、2、3つほどは絞《しぼ》れている。だけどこれは、まだ決めていなくて、お互いに時間があると安心したいという目的の会話かもしれない。

「わたしは、なんとなく決めたいとは思っているけど、学力もまだ不安定だし、テスト頑張らなくちゃ、って感じかな」

「ふうん、まあ、そうだよね」

嘘は言っていない。そしてミーコも、不機嫌な様子ではない。よかった。これで正解だった。タイミングを見て、今度はわたしのほうから訊く。

「ミーコも受験？」

「一応ね。両親の体裁《ていさい》もあるだろうから。高卒が不安っていうのもわかるし。でも、諦めたわけじゃない」

「声優、だっけ」

「そうだよ」

ミーコは続ける。

「大学に通いながらでも、オーディションは受けられる。いまの事務所でオーディション受け続けてもいいし、別のところに挑戦してもいいし」

1年生のころ、まさにこの部室で、ミーコは小さな芸能事務所に所属していることを明かしてくれた。自分は声優を目指していると。いおりちゃんやナツはそれほど驚いていなかった。むしろミーコなら、どこかで何かをしているはずだと思っていたそうだ。わたしも感情をださないように努めたけど、そのときは内心、驚きまくりだった。ええええ！芸能事務所！　オーディション！　なになになに、どういうこと。ミーコは芸能人？

だがミーコの言う小さな事務所というのは決して謙遜《けんそん》ではなく、そのまま事実を語っていた。大きなところのオーディションは書類選考で落ちる、運よく受けられても、今度は実力で跳ね返される。なかなか実を結ばない。ミーコが初めてわたしたちに語ってくれたときも、誇らしそうにというよりは、しぶしぶ明かしておこうという態度だった。

ミーコの夢を誰もばかにしないかわりに、わたしはもちろん、いおりちゃん、あのナツさえ、自分のほうから話題に触れようとはしなかった。久々に、彼女自身から、声優の話を聞いた気がした。

「いまの事務所にいたってチャンスはないかも。それなら、別の所属オーディションを受けなおすか、もしくは自分でコンテストにでるか」

「いまのところは、不満なの？」

「あたしは、自分の実力が認められないのが、世界で一番嫌いなことなの」

断言するミーコには、素直である以上に、かっこよさすら漂う。声優の役を勝ち取るために、念願のデビューのために、時間を見つけては練習し、オーディションに臨《のぞ》んでいるのだろう。そんな様子を、ここではかけらも見せない。

わがままで、面倒くさがりで、映画好きなお嬢様。そんな言葉で片付けられるほど、佐々木美由は単純な女子じゃない。

「聞いてもいい？」

「なあに」

「どうして、声優なの？　ミーコなら女優を目指すって言っても、おかしくない気はするんだけど。あと、お父さんが監督じゃなかったっけ？」

「違う。助監督。それも映画やドラマは撮らない。良くてＣＭ程度」

「そ、そっか」

「俳優の演技は観るようにしている。でもやりたいとは思わない」

チョコレートの封を開けて、口にほうりこむ。甘さを堪能《たんのう》した表情で、一息つき、それから答えてきた。

「わたし、運動は嫌いなの」


遅れていおりちゃん、最後にナツがやってくる。いつものように、ミーコとナツが言い合いになって、そのすきを縫《ぬ》って、いおりちゃんがデッキにＤＶＤをいれた。おしとやかでちょっぴりネガティブで、一見行動的には見えないけど、意外にこういうところでは強《したた》かである。

映画を観終えると、ちょうど下校の最終チャイムが鳴る。引き上げの準備をして、昇降口まで向かう。

校門前で帰り道が逆のミーコ、ナツ組と別れ、喧嘩《けんか》をしながらも並んで帰っている２人の背中を見て笑いながら、わたしといおりちゃんも歩きだす。いおりちゃんとは、いつも駅まで一緒だ。帰り道、この前観た『ミザリー』のことで、話題が広がった。

「あの作家の原作でもうひとつ怖いのは、『シャイニング』かなぁ」

「あ、知ってる」

ホラー映画、『シャイニング』のハイライトシーンはやっぱり、浴室に逃げ込んだ妻が、斧《おの》で襲ってくる夫に叫び、怯《おび》えた表情だ。わたしにとっては我を忘れて暴れる夫より、恐怖で叫ぶあの女性の顔のほうが怖かった。

「エレベーターのドアが開いて、血の洪水がどばってこっちに向かってくるシーンもあったよね。すごい怖かった」

「キングは小説のほうも怖いから、ぜひ読んでみて。でも、怖い以上に人間っていうものを、これでもかっていうくらいに細かく、彫刻でも掘るみたいに描写してくるの。それがすごい」

ミステリーにサスペンス、それからいわゆる、どんでん返しものがいおりちゃんの好物だ。例えばM・ナイト・シャマラン監督を語らせたら、1日中だっていおりちゃんは喋《しゃべ》れるだろう。普段はおとなしく、おしとやかないおりちゃんの姿は、そこにはもうない。そういうギャップも、見ていて気持ちがいい。そんないおりちゃんは、映画のほかにも、小説や文学に明るかったりする。

「人間が好きなんだね、いおりちゃんは」

「私は誰も嫌いになったりしないよ。クラスの男子が私の体をゆびさしてつまようじと罵《ののし》ってこようが、私が体育の授業で一生懸命走ってみんなに爆笑されようが、貧血で倒れたときも心配しているフリをしてあざけ笑ってきた女子に会おうが、私は誰も嫌いになったりしない」

「……けっこう嫌いだね？」

ネガティブスイッチが入ったので、なんとかなだめようとする。いおりちゃんのお腹が、くー、と鳴ったので、近くのコンビニに寄ることにした。ばっちり校則違反だけど、この時間になると生徒の数もまばらなので、ばれる心配があまりない。

フライドポテトを一緒につまみながら、近くのベンチに座る。いおりちゃんもわたしも、歩きながら食べるということが得意ではない。どちらかに集中すると、どちらかがおろそかになってしまうから。喉につまりそうになる感覚も、少し苦手だ。

道の向こうに隠れて見えないけど、駅ももう近い場所だ。踏切の音もかすかに聞こえてくる。ふと、近くにたつ木の、枝葉が揺れる。地面に近いここからは感じない強い風が、通り過ぎていったのだとわかった。葉の揺れる音にまじって、かすかな声で、いおりちゃんが言った。

「陽ちゃんは、私がそうさくしてるって言ったら、引く？」

「え？」

聞き取れなかったわけじゃない。小さい声ではあったけど、その分、意識して彼女の声を拾おうとしていた。だけど、〝そうさく〟という言葉の意味がすぐには浮かんでこなかった。

捜索？　誰かを探しているとか？　わたしがそれを手伝うのだろうか。いや違う。そっちの捜索じゃない。

そうさくって、創作だ。

葉がまた揺れる。音が通り過ぎるのを待って、口を開く。

「何か描いてるの？　漫画とか？」

「ううん。お話を、つくってる。脚本」

「映画の脚本？」

「まあ、映画というか、映像というか、ドラマというか」

語るうち、ぼそぼそと小さくなっていき、最後は言葉が尻切れになる。いおりちゃんが場をごまかすように、豪快にポテトを2本食いする。案《あん》の定《じょう》、喉《のど》をつまらせ、あわてだしたので、ペットボトルのお茶をあげた。

創作。いおりちゃんが創作。

考えなかったわけじゃない。

これまでだって、そういうことを何度か話していたような気さえする。いおりちゃんは、自分で何か書いたりしないの？　これまで交わしてきた会話や話題なんて数えきれないけど、1度くらい、そういうことを聞いたような気もする。でも、そのときのいおりちゃんは、いまみたいに答えなかった。今日、ここで教えてくれたのは、何か意味があるのだろうか。

「それを、読ませてくれるっていう話？」わたしが訊いた。

「ち、違うよ！　ただ、報告というか」

「ナツやミーコは知ってるの？」

「陽ちゃんにしか言ってない。秘密だからね？」

秘密だからね、という部分で、いおりちゃんを抱きしめたくなった。へんな奴だと思われたくないので、なんとかこらえた。いおりちゃんにとって、わたしがナツやミーコよりも明かしやすいという立場にいるというのが、どんな理由にせよ、ちょっぴり優越感だった。特別扱いされているような、うれしい気分。

「3年生になったら、どこかで言おうと思ってたの。なんだか隠し事をしてたら、フェアじゃない気がして」

「あはは、いおりちゃんらしい」

しかもいきなり初日。わたしだったら、誰かに明かすだろうか。明かせるだろうか。友達の前で、フェアではないと、言いきれるだろうか。

「いまはどんなの書いてるの？」

「いまはとくに。でも、過去に何本か」

「どこかのコンテストとか、そういうのにはだしたの？」

「とんでもない！　デビューしたいとか、そういうのじゃなくて、ただたんに、好きだから書いてるだけ」

0から1を生みだす創作者の気持ちは、わたしにはわからない。いつだって享受《きょうじゅ》してくる側だった。いまのいおりちゃんの言葉が本音なのか、それともごまかしなのか。もしかしたら、ミーコがこの場にいたら、素早く判断できたのかもしれない。

空《から》になったポテトの箱を、近くのゴミ箱に放ろうとする。だけどわたしの力じゃ届かないかな、と迷い始める。いおりちゃんがわたしの手から箱を取り、代わりに投げた。長くしなやかな腕が振られて、見惚《みほ》れる放物線を描き、ゴミ箱に収まった。

「私、あの場所が好き」

いおりちゃんが言う。

「みんなで映画を語り合う。そうしてると、考えもしなかった視点から感想が飛ぶときがあって、好きだった映画の世界が、さらに広がっていった」

「うん。わたしも」

「あんな風にみんなで喋っていると、ああ、私も書いてみたいな。こんな風に誰かを驚かせてみたいな。興奮させてみたいな、って、たまに思う。無理だとはわかってるけど」

自分の言葉にくすぐられたみたいに、いおりちゃんが小さく身をよじる。でも、とそれから寂しそうな声に変わり、言ってきた。

「3年生になって、みんなもきっと忙しくなってくるんだろうなって。受験勉強や将来のこととか。いままでみたいに、集まれるかわからない。そう思ったから、陽ちゃんには明かしておこうと思ったのかも」

いおりちゃん、と彼女の名前が、思わず口からこぼれる。何か返そうと思って、それでも言葉が見つからなかった。どれだけまわりを見回しても、言葉の看板が、いまはどこにもなかった。

やがていおりちゃんが立ちあがる。駅に向かうのだとわかった。いつもなら一緒に改札までついていくのに、わたしは続いて立ちあがれなかった。

「先行くね」いおりちゃんが言った。

そんなわけはないのにも、明日からも学校は続き、部室でみんなと会うはずなのに。なぜかもうこのまま、一生会えなくなるような気がした。

最寄《もよ》り駅にある商店街のTSUTAYAで映画を1本借りて、帰宅する。玄関のドアを開けると同時に、携帯が震動した。いおりちゃんからで、『今日はありがとう。また明日、部室で』とあった。短く返信して、携帯をしまう。

父はたいてい残業で、帰りが遅く、10時前後になる。父が帰ってきてからは、チャンネル権利が渡ってしまうから、それまでに夕飯と風呂を済ませて、時間を逆算し、早めに映画を観始める。

作品は、『シング・ストリート　未来へのうた』。80年代のダブリンを舞台にしたボーイミーツガールの青春映画。

パッケージにうつる、6人の少年と1人の女子の画に魅《ひ》かれた。半開きの目と、どこかボーっとした視線の少年たちに親近感がわく。わたしがもし男子だったら、こんな感じになるかもと、変な妄想がわく。

崩壊寸前の家庭のなかで、主人公コナーを支えていたのはイギリスのポップ音楽。開始早々、派手な音楽ががんがん流れる。コナーは転校した先でいじめにあうが、それでも音楽が彼を支える。

　友人もでき、なんとか転校先で順応してきたある日、彼はある少女にひとめぼれする。ヒロインのラフィーナの登場は、彼女がモデルをやっているという設定も加わり、出《い》で立《た》ちがクールだった。コナーは気を引くため、自分がまだ組んでもいないバンドのミュージックビデオにでてくれないかと持ちかける。電話番号をゲットしたときの、コナーの表情がたまらず、胸のあたりがなんとも言えないような、くすぐったい感覚になる。

「いいなぁ」

　みんなで集まって、ひとつの音楽をかなでる。わたしに音楽の才能があったら、こういうこと、できていただろうか。

　それにしてもコナーも面白い。とっさの嘘で、あんな行動ができてしまえるなんて。つくってもいないバンドの、ミュージックビデオへのオファー。でもあれがきっかけで、ラフィーナと関係が始まる。誘っていなかったら、あのまま2人はすれ違って、2度と会うこともなかったかもしれない。2人の関係は続いていく。

　わたしたちも。そうすることが、できるだろうか。

　ミーコも、ナツも、いおりちゃんも、離れることなく。あのまま。映画みたいに、永遠の時間が流れるだろうか。

ミーコは自分の夢に向かって進んでいる。いつかを思い出したとき、あの場所を、覚えていてくれるだろうか。そのとき、わたしたちの関係はまだ続いているだろうか。

ナツもわたしも、受験勉強が始まる。もしかしたら、予備校にだって通わされるかもしれない。いままでのように、みんなであの部室に集まることが、なくなってしまうかもしれない。

いおりちゃんはまた明日、とメールを返してくれた。だけどあの日々がなくなることを知っている。そういうむなしさを押しこめた返事だと、いまではわかる。言葉にはできない。だから文章になった。

そして。とうとつに思いつく。

主人公たちが画面のなかで演奏を始めるが、シーンが入ってこなくなる。そんなことよりも、もっと大事な、何かをつかみかけていた。

できるんじゃ、ないだろうか。

わたしに音楽の才能はない。だけど。違うことなら。

「……これだ！」

勢いでリモコンをつかみ、思わず電源を切っていた。あ、とやったあとに後悔《こうかい》する。でもいい。いまはいい。

立ちあがり、用事をすませるため、2階の自室を目指す。階段をのぼる直前、母親が不思議そうな顔で言ってきた。

「陽が途中で映画を消すなんて、めずらしい」

返事をする暇もおしく、階段をかけあがる。映画は好きだ。大好きだ。でもいまは、それどころじゃない。

ベッドに放った携帯を手に取る。にぎりしめ、1度深呼吸。

それから、順番に電話をかけていく。

4

いつもより50分早く家をでる。さらに55分早く電車にのり、1時間早く校門につく。息は確かに切れているけど、それでも足が軽く、いくらでも走れそうな気がした。

校門の前では、みんなが先に待っていた。

「遅いよ。というか早いよ。なんでこんな時間に集合?」

抗議しながら、ミーコはあくびがとまらない。ナツといおりちゃんも不思議そうな顔だ。

「とつぜんごめん。連れていきたいところがあって」

ついてきて、とわたしは3人の前を歩き、昇降口に向かっていく。わたしがみんなを先導したことなんて、いままであっただろうか。いや、きっとなかった。だから3人とも、驚いて目を丸くしている。

校内に入り、そのまま階段をあがる。みんなは黙ってついてきていた。2階まできたところで、わたしは振り返り、言った。

「みんなで映画を撮らない？」

え、と3人がいっせいに同じ顔をした。困惑と、驚きと、聞き間違いじゃなかったのかという、疑惑の表情。

「映画？　あたしたちが？」

「そう、ナツ。わたしたちで映画を撮ろうよ」

「どうしてまた」

何か余計なことを口にすれば、みんなに嫌われるかもしれない。誰かを傷つけるかもしれない。

とても大切な3人を、失いたくない。いつもそうやって考えて、言葉や行動を選んできた。制限してきた。

でも、それ以上に、何もせずに後悔したくなかった。

1度くらい、映画の主人公みたいに、行動してみることにした。

3階にたどりつく。3年生の教室がある階だ。わたしはさらに階段をあがる。え、とナツが小さく声をあげた。

踊り場から朝日が差しこんでいる。外から運動部の朝連の声が聞こえてくる。さらに階段をのぼる。そこは行き止まりだ。

「ここって、屋上?」ミーコがつぶやいた。

「なんでこんなところに」

いおりちゃんの質問に答える代わりに、わたしはドアに近づく。ナツはうすうす気づいているみたいだった。

ドアノブの部分は、古く錆《さ》びた鍵《かぎ》の部分が、新しくキーパッドに交換されている。交換されたのは確か去年だ。

ナツは言っていた。この暗証番号を解いたやつがいるらしい、と。

わたしはキーパッドに触れて、番号を入力していく。がちゃり、とすぐに鍵のロックが外される音がする。

「……陽だったのか。暗証番号を解いたやつって」ナツが言った。

いおりちゃんとミーコは、まだ事態に追いつけていない顔だ。

「去年スパイ映画にはまって、うちの屋上にキーパッドがつけられるのを見つけたの。わたし、お昼を食べる友達もいないから、休み時間はいつもここで解読してた」

「あんた、そんなことしてたの？」ミーコが苦笑いした。

「解読できて、でもドアは開けなかった。校則違反とか怖かったし。昨日、ナツから聞いてドキッとした。どうやって広まったのかは知らないけど、誰かが見てたのかもしれないね。去年のことだけど、ずっと番号は覚えてた」

ノブを回し、そっとドアを開ける。風が入ってきて、わたしたちの髪を揺らす。陽のまぶしさに目をつぶる。たまっていた埃《ほこり》が一掃《いっそう》されて、呼吸がしやすくなった。

わたしはみんなに向きなおる。

「このまま卒業するまで、いつもと同じように過ごしてもいい。お菓子を広げて、みんなで語り合って、『タイタニック』を観てもいい。そう思ってた。3年生になるまでは。ひとつくらい、何かをつくりたいと思ったの。この4人で」

みんなの前でこんなに喋《しゃべ》ったこと、いままでなかったかもしれない。不思議と緊張はなかった。

「映画が好きで好きで、たまらなくて、バカみたいに観まくってきた。そんなわたしたちが、自分たちのためだけにつくる映画が、観てみたい」

わたしたちは次第に離れていくかもしれない。

だからせめて、できるところまで、あがいてみたい。もう呪いなんて言い訳するのは、こりごりだから。

わたしは一歩進み、屋上に踏み入る。足元がリノリウムの床から、コンクリートに変わった。屋上の床がコンクリートだと初めて知った。この高さから校舎を、中庭を、校門を初めて見た。ともあれこれで、完全に校則違反。

なかにいる3人のほうを振り返り、わたしはみんなの言葉を待つ。

「映画をつくるっていうけど、いったいどうやって?」ミーコが口を開いた。

わたしはいおりちゃんを指さす。

「いおりちゃんがお話をつくればいいんだよ。脚本家を目指してるんだし」

「ぎょわっ！　ちょ、ちょちょちょちょっと陽ちゃん!?」

いおりちゃんが聞いたこともないような悲鳴と大声をあげる。ミーコとナツが、へえ、と同時につぶやく。

「なんで言っちゃうかななんで言っちゃうかな！　秘密って言ったのに、ひどいよ陽ちゃん！」

狼狽《ろうばい》するひとを見ると、妙に自分が落ちついていく感覚をたまに味わう。いまがまさにそれだった。いおりちゃんには悪いけど、その様子がおかしくて、笑ってしまった。

「いおり、脚本書くんだ」ミーコがつぶやく。

「まあ、何かやってるんだろうとは思ってたけど。まさか脚本とはね」ナツが続く。そうやって2人が意見するたびに、いおりちゃんは知られた事実をかみしめ、顔をどんどん赤くしていく。

次にわたしが指名するのは、ミーコ。

「ミーコも声優、目指してるんでしょ。それなら演技の幅は広げておきたくない？　経験のひとつになるかもよ」

「な、なんか今日の陽、やっぱり変。とつぜん屋上に案内するし。校則違反に誘ってくるし。いままでこんなに積極的だったっけ？」

「わたしはもともとこうだよ」

笑って、開き直る。視線を最後に、ナツに向ける。

「みんなを驚かせたくない？　誰にもしばられないで済む。商業映画とは違う、キャスト人気も、スポンサーも、流行も、何も考えなくていい。自由な、自分たちだけしか撮れない映画、つくってみない？」

「……自由っていう響きは、確かに最高だな」

　ふんふん、とナツは腕をくみ、これから訪れる未来を想像するように、天井を見つめだす。悪くないかもな、という心の声が、いまにも透けて見えそうだった。

「陽ちゃん。わ、私は嫌だよ。恥ずかしいもん。それに昨日も言ったでしょ、趣味でしか書いてないの。私のつくったものなんて、ひとに見せられるものじゃない」

「これからつくろうとする映画だって、趣味の延長だよ？」

「それはそうだけど……」

「というか、もう知られてるんだから、恥ずかしいも何もないじゃない」

　ミーコが続いた。その態度も、瞳にも、すでに覚悟がやどっていた。

　ミーコが1歩進んで、屋上の外、こちら側にやってくる。

「あたしはやってもいいよ。陽がせっかく提案してくれたことだし」

「ずるいよミーコちゃん。そういう言い方したら、私が陽ちゃんの好意を無下《むげ》にするみたいに聞こえてくるじゃない……」

「わたしのために、やってくれる？」

　だめおしでわたしが言って、そっと、いおりちゃんの前に手を差しだす。数秒、わたしの手が宙にとどまったあと、彼女の手に包まれていった。許諾《きょだく》と受け取り、こちらに引っ張る。いおりちゃんはそうっと、コンクリートの床を踏む。

あとはナツだった。視線を向けると、すでに笑みを浮かべていた。

「よし、じゃあひとつ条件だ。陽、お前も映画にでろ。それも主演でな」

「ええっ！」

いやいやいや、と手をぶんぶん振る。さすがにそれは予想外だった。やっぱりナツは、一筋縄《ひとすじなわ》ではいかない。何か言うなら、彼女だと思っていた。無理だ、と答えようとするが、すぐにナツが返してきた。

「提案者のくせに、陽だけ関わらないっていうのはナシだぞ。がっつりでてもらうからな。あたしは監督兼、撮影をしよう。ミーコは演技。いおりは脚本。そしてお前は、主演」

「だめ、やっぱり主演なんて無理！　脇役とかならまだしも。というか、ミーコがやればいいんだよ。一番可愛《かわい》いんだから」

「それなら、いおりに決めてもらえばいいじゃない」

ミーコが手をあげる。

「話を書くのはいおりなんでしょ？　主人公を決めるのもいおりでいいじゃない」

「そりゃあそうだな」ナツが同意する。

全員の視線が素早くいおりちゃんに向く。

「陽ちゃんでお願いします」

「即答！」

いおりちゃんは一矢報《いっし》いたように、満足げにうなずく。こうなってしまえば、もう覚悟を決めるしかなかった。わたしのわがままというのは、事実でもある。

「みんなが、それでいいなら」

ようやく観念し、うなだれる。顔をあげるころには、ナツも踏み越え、こちらにやってきていた。早くも屋上からの景色を楽しんでいる様子だ。

これが何かのきっかけになればいい。

みんなが、お互いを忘れない存在であるために。

卒業なんかじゃ断ち切れない、そんな強い関係になれるように。コナーがラフィーナを誘った、あの瞬間のように、あとになって振り返り、ここがターニングポイントだったと語れるように。

高校3年生。わたしたちは、最後の1年に動きだす。


「それで、どんな映画を撮る？」

第二章

タイタニックは部室のなかで

1

みんなで映画を撮る。

卒業したくらいで、消費期限が過ぎてしまうような友情で終わりたくない。そんなわたしの思いから、提案した計画。

映画好きの自分たちが、自分たちだけのためにつくる、特別な映画。好きな映画がいつまでたっても色あせず、記憶に焼きつけていられるように、これからつくる映画も、わたしたちにとってそういうものになればいい。この友情も、続いていく。

そう、思っていたのだけど。

「学校を舞台にした『バトル・ロワイアル』にしようぜ！　がんがん銃ぶっぱなしてさ、窓ガラス割って飛び降りたりする、超絶アクション！」

「1度でもいいから常識っていうフィルターを通してからものをしゃべりなさいよ。高校生4人程度が撮れるものっていったらホラーしかないでしょ。伝統と格式のあるジャパニーズホラーで勝負するの。あたしの悲鳴であんたらを怯《おび》えさせてやる。表現の幅を広げるにはもってこいだしね」

「あの、えっと、2人とも、もう少しゆっくりしゃべって。メモする側にもなってよ。お話つくるの、私なんだから。それとホラーやアクションもいいけど、どんでん返し系のミステリーの要素も加えたくない？　サスペンス風にして、人間の心理や本性を描いて、社会を風刺《ふうし》していくようなものでも面白いと思うのだけど」

「…………」

まとまらなかった。

放課後。部室で会議を始めてみたまでは良かったものの、見事なくらいにまとまらなかった。もともと自分たちに、本当に友情など存在していたのかと疑うくらい、嚙《か》み合っていなかった。これ、本当に一生の思い出つくれるのかな。

「アクションだろ！」

「ホラーよ」

「どんでん返しも」

「ちょっとみんな、1回落ちついて……」

火花散る3人の視線のなかに、そうっと言葉と存在感を忍び込ませる。俊敏に反応する3人が、ぎらりとした目で、いっせいにこちらを向く。

「陽《ひなた》は何がやりたいんだよ」ナツが言った。

「わ、わたしはみんなとつくれて、記憶に残るものなら、なんでも」

「またそうやって中立を守ろうとする。せっかく主張してきたかと思ったら、いきなり逆戻り？　今日の朝に校則違反していたとは思えないんだけど」不機嫌なミーコが返してくる。体に触れたら引っ掻《か》かれそうだ。

一呼吸置き、あらためて答える。

「個人的には青春ものとか、恋愛が好きだけど。でも、本当にみんなでつくりあげられるなら、なんでもいいいんだよ」

わたしが、これからつくる映画に求める条件は、たったひとつ。思い出に残ること。友情が続くきっかけとなる1本にすること。それさえ叶うなら、ジャンルも、長さも問わない。面白いのが一番だけど、究極的には、それさえいらないとすら思う。ただ、それは3人が許さない。つくるなら面白い物を。だからこそ、ぶつかりあっている。

監督はナツ。脚本はいおりちゃん。ミーコとわたしが演者。

ここまでは決まっていて、あとは内容だけ。

「実際、同好会程度の私たちの規模だと、そのへんが妥当《だとう》だとも思うけど。あと、どんで
ん返しも」いおりちゃんがさりげなく主張しつつ、フォローしてくれた。

ミーコが腕をくんで、溜息をつく。様子を見る限り、少しは落ちつきを取り戻してくれ

ただろうか。

「出演者もあたしと陽だけでしょ？　他には頑張ってせいぜい、いおりとアクション映画バカもだけど。だから可能なのはホラーかサスペンスよ」

「おー待て、アクション映画バカってあたしのこと？　訂正《ていせい》したまえよ」

「学校全体つかって『バトル・ロワイアル』なんて撮れるわけないでしょ」

「いけるよ。こう、気合でさ」

「訂正するわ。ただのバカだった」

着火の気配をすぐさま察知して、わたしといおりちゃんが間に入る。興奮した猫のように、ミーコとナツはなんとか相手の服をつかもうと必死だった。これでは話が進まない。

話題を元に戻そうと、わたしが続ける。

「さ、撮影する場所によってストーリーも変わるよねっ！　わたしたちが撮れる場所って限られてくると思うんだ。学園の外を撮るにしても、許可が必要そうだし。無茶なことして警察の用になるのは厄介《やっかい》だし」

「ナツのポップコーン・ムービー的な視点を否定するわけじゃないけど、そういう意味じゃあ、あまり派手なことはできないかも」

いおりちゃんも加勢してくれて、ようやく2人とも、少し冷静になる。話にさらに意識を向かせる。

「できないものから探していくっていうのはどう?」

「うんうん、たとえば?」

わたしが訊くと、いおりちゃんは順番に指をおりながら、ゆっくり答えていく。

「CGを使ったものは難しい、とか。怪獣映画に、ヒーローもの。特殊効果をつかったホラーもそうだし、カーアクションも。あと予算的に難しそうなのが、あちこちをめぐるロードムービー、とか」

「『平成ガメラ』シリーズ、格好いいのになぁ」

「『エクソシスト』、興奮するのに……」

ナツとミーコが諦めた顔で言った。『リトル・ミス・サンシャイン』、好きなんだけどなぁ、とわたしは心のなかだけで思っておく。

わたしたちの技術では撮れない映画を順番にあげていく。ジャンル問わず、まるで自分たちの知識を確かめ合うように、さまざまな映画の名前が飛び交う。途中からみんな、興奮気味になって、そういうクイズ大会でも行われているかと勘違いしそうになった。ご多分にもれず、わたしもそれに乗ってしまった。

あらかた出尽くして、呼吸を整えたあと、気づいたことを口にする。

「動きの少ない、どちらかといえば、邦画の大人しい映画を参考したほうがいいかもね。『花とアリス』、『天然コケッコー』、『百万円と苦虫女』、ぱっと思いつくのは、こんな感じだけど。演技できるかどうかはまた別として」

部室に静寂が降りる。ひとまず小休止、という雰囲気《ふんいき》だった。

ふといおりちゃんのほうを見ると、天井を向いて首をひねっていた。何だろうと訊こうとしたところで、こうもらしてきた。

「というかそもそも、カメラはどうするの？」

全員、黙々と携帯とにらめっこをして5分が経った。通販サイトを表示して、でてきた金額に絶句した。

「うわ、みてこれ、30万だって」

ナツが口元をひきつらせ、画面から目をそむける。

「こっちは20万もする。安くても、それくらいみたいだね。あと、セリフとかを収録するマイクもあるといいみたい」

記事に書かれたことをそのまま読みあげる。どちらにしても、高校生が用意するには、途方もない額だった。

「ナッって、貯金いくら?」わたしが訊いた。

「うまい棒200本くらい」

「一見多そうに見える表現でごまかさないで……」

「そういう陽はどうなんだよ」

「BIGカツ100個くらい」

「一見多そうに見える表現でごまかすな」

2人で同時に、ためいきをつく。

「でもナツ、バイトしてなかった?」いおりちゃんが訊いた。

「つい先月やめちゃったよ。どうせ3年で、忙しくなると思ったから」

「いまさら雇ってくれないよね。高校3年なんて、シフト信頼されなさそうだし」

「そもそも30万も貯まらないだろ」

「4人で2か月くらいの短期で4万ずつ稼《かせ》げれば、いけるんじゃない?」

「ミーコは声優の養成学校通ってるし、そもそもこいつ、働くの嫌いだし」

「その通り」と、ミーコはあいづち。

「いおりは体力ないから、ガテン系は無理だろ」

「ごめんなさい。触れれば折れそうなつまようじの体でごめんなさい。ちなみに私の財布の中身はチョコボールを８００個ほどです」

そんな貯金も、いずれはＤＶＤや本に使ってしまう。同志なので、その行為をわたしもナツも否定できない。高校生活のなかで買いあさった映画ＤＶＤやブルーレイを数えたら、それこそ30万なんて軽く超えてしまう気がした。

「まあ、大丈夫じゃない？」

沈みかけた空気のなかで言ったのは、ミーコだった。緊張感のない口調で心配になったけど、続いた言葉で、わたしたちは見事に手のひらを返すことになった。

「お金はなくてもカメラはあるから」

「えっ⁉」

３人の声が重なる。どういうことだとナツが詰め寄ろうとしたところで、ミーコの携帯が鳴った。タイミングを乱されたナツが、もうっ、と唸《うな》る。

ミーコが部室の隅に移動して、電話にでる。もしもし、はいはい、と飾り気のない応答をする。クラスメイトや異性ではないなとそれで悟る。距離の近い人間には、ミーコは自分の本性をだす。わたしたちと同じか、それ以上の関係の相手。いったい、誰だろうか。

「ていうか、わざわざ電話してこなくていいから。メールですむし。まあ、ありがと。じゃあね」

それで電話が切れる。

これは訊ねてもいいことなのだろうか。デリケートな場面にでくわしてしまったのだろうか。色恋はないと思っていたけど、まさか。

「彼氏か？」

「直球だーっ！」

ナツのオブラートをつきやぶる発言に、思わずツッコミを入れてしまった。ミーコが、はあ？　と眉《まゆ》をあげる。どうやら違うらしい。

「うちの父親よ。カメラを貸してもらおうとしてたの。こういう話題もでてくると思って、昼間のうちにメールしておいた」

そうだった。ミーコのお父さんは、映像関係の会社に勤めている。

「さすが監督の娘さん！」思わずはしゃいで言った。

「違う。助監督だから」

「ていうかさ！」

ナツが声を張りあげる。

「カメラあるんじゃん！　ツテあるんじゃん！　どうにかなってんじゃん！」

「それがどうかした？　元々ないなんて言ってないし」ミーコは平然と答える。

「さっきのタイミングで言えよ！　無駄に検索して、焦っちゃったじゃんか」

「無駄に検索して、焦るところを見たかったからよ」

　火種となり、再びナツとミーコの取っ組み合いが始まる。もう止める元気がなかった。いおりちゃんも諦めて静観することに決めたようだった。とにかく、カメラはどうにかなりそうだ。

　喧嘩《けんか》が落ちつくのを待って、それからミーコが再開させた。

「あと役者用のワイアレスマイクも用意できる。それと音声編集やシーンカットに使うソフトが入ったノーパソは持ってこられるみたいだから」

「校門の前で服装や持ち物検査がない日にしろよな」ナツがそえる。

「あとは、デスクトップがあればやりやすいけどね」

　デスクトップ。どれくらい値段がするのだろう。というかあまり大きいものだと、さすがに教員の誰かにばれそうだ。そこまで考えて、ひとつ思い出した。

「この下の階にパソコン研究同好会があったよね？　そこで1台、借りられないかな」

「どうやって？」

「み、ミーコの色仕掛けとか」

「あたし、自分の魅力はそんな簡単に安売りしないの」

「よく言うよ。お前、クラスの男子に購買行かせてるくせに」

「なんで知ってるのよナッツ」

「何年生になろうが変わらないだろ。1年生のころのお前をじっくりそばで見させてもらったからな」

「自分の好きだった男子があたしに夢中だったからって、そんなストーカーみたいな発言しないでもらえる？」

「す、好きなんかじゃなかったし！」

これまた懐かしい話題だった。1年生のころの話だ。夏ごろ、少しだけ恋の話になって、ナツが好きだった男子を明かした。当時、ことあるごとにきっかけをつくり、ミーコに近づこうとしていた男子だったことが、のちに明らかになった。あのときは1週間、ナツが部室にこなかった。

映画をつくる過程で、こうやって過去の話題がでたり思い出すことがあるのは、良い兆候である気がした。記憶に残る映画をつくる、そんな自信が、またわいてくる。

「あとはやっぱり内容だよね」

そう言ってみんなの顔をうかがう。普段のわたしなら、自分から本題に戻ろうとはしなかっただろう。

そう、今日の放課後はもともと、どんな映画をつくるかが主題だった。

ナツが立ちあがり、棚《たな》をあさりだす。すぐに何をしようとしているかわかった。ミーコやいおりちゃんの表情を見る限り、2人も同じ気持ちだったようだ。我慢できない。その通りだった。わたしたちはそろってジャンキーで、それを1秒たりとも我慢できない、どうしようもない女子高生だった。

ナツが棚から1枚を取りだし、こう言った。

「とりあえず、映画を観よう」


映画を観終えると同時、下校時間のチャイムが鳴った。帰りの準備を済ませている間、ナツがいおりちゃんに言った。

「それじゃ、いろいろアイデアぶちまけたけど、あとは頼んだぞ。うまく脚本にして」

「ええっ？　もしかしてブレストって今日で終わり？　今日の朝、陽ちゃんが提案したばかりだよ？」

「時間じゃなくて質だよ、会議は。これ以上やったって平行線だろ。あとは熱いうちに、こう、うまいこと叩け」

「そう言われても……」

いおりちゃんはつぶやき、自分のメモ帳を頼りなさそうに見つめる。そこにあるのは、会議の議事録というよりは、それぞれの願望を吐きだした塊《かたまり》だ。どうこねて、どこを活《い》かし、調理するかは、いおりちゃん次第。

「まあ、時間はいっぱいあるから。あまり気負いすぎないで」

ナツとミーコと別れた帰り道、横で歩くいおりちゃんに伝えるが、表情は浮かないままだった。

「時間があるって、どれくらい？」

「え？　まあ、単純だけど、卒業までとか。ざっと1年間？」

「撮影も入らないといけないから、もっと早いよ。半年くらいじゃないの。それに思いついたあと、夏のシーンを撮りたいってなって、もしすぎてたら、アウトだよ」

「そしたら、冬にでも半袖《はんそで》になって、アイスでも食べてるシーンをいれるとか」

「どっちにしても不安だよ」

話しているうちに、あっという間に駅前までつく。ホームが違うので、改札でいおりちゃんと別れた。

まだ始まったばかり。

いや、始まってすらいない。映画を撮ろうと口にすることだけなら、誰でもできる。問題は、そこからだ。脚本とキャスト、カメラを用意し、行動にうつせるか。

みんなを説得することはできたけど、いおりちゃんにはいまのところ、負担になっている。このまま つらい思いをさせたくない。かといって、いおりちゃん以外がストーリーを書けるとは思えない。

いおりちゃんの悩みや表情がなんだか自分にも伝染し、帰りの足取りが重くなる。商店街のレンタルビデオ店に寄ろうか一瞬、悩んで、今日はやめた。

途中で雨が降り、傘を持っていないことをなげく。なんとか走って帰宅すると、いつもの黒い袋を持っていないわたしを見て、母親が目を丸くしていた。

夕食の最中も、箸《はし》のあまり進まないわたしに、母親が「まさか恋?」としつこかった。父親も「陽にもいろいろあるんだ」と、なんだか分かった風なことを言う。２人に映画を撮ると言ったら、どんな顔をするだろうか。

自室のベッドにダイブし、携帯の画面を見つめる。壁紙は、映画のなかで語られた名言を文字にしている画像。

『希望はいいものだよ、たぶん最高のものだ。いいものは決して滅びない』。

映画、『ショーシャンクの空に』。無実の罪で投獄《とうごく》されてしまった男の物語。雨を全身で浴びるシーンが印象的で、パッケージにも使われている。わたしは雨を浴びても、しまったとしか思わないし、すぐに風呂に直行する、平凡な女子高生だ。両手を広げて、歓喜にひざまずいたりはできない。そんな体験を、したことがない。でも。

映画を撮ることは。

わたしたちの希望になると、信じている。

携帯を放りかけたところで着信が入った。名前を見ると、いおりちゃんだった。ベッドから跳ね起きて、姿勢を正し、電話にでた。やっぱりできない。脚本なんか私に書けるわけない。だからこの話からは降りる。ごめんなさい。そう言われる気がした。心臓が、ばくばくと鳴っていた。

「も、もしもし？」

応答し、いおりちゃんの声を待つ。1秒、2秒、とてつもなくゆっくりと、時間が過ぎるのを感じた。

そして答えが返ってきた。

「私で、いいの？」

聞こえた瞬間、涙がでそうになった。

だけどぐっとこらえた。始まってすらいないのに、いけない。頼りないと思われてしまう。委縮《いしゅく》されてしまう。

いおりちゃんが続ける。

「本当に、私でいいの？　酷《ひど》い脚本かもしれないよ。ストーリーだって破綻《はたん》するかも。キャラクターに魅力もないかもしれない。どんでん返しだって書けないし、細かな人間心理の描写もできないし、派手なアクションも書けない。それでも、こんな私でいいの」

「もちろん。わたしたちは、いおりちゃんがいいんだよ」

わたしは続ける。

「朝、みんなに秘密、明かしちゃってごめん。でも、教えてくれて嬉しかった。脚本を書いてるって知って、驚いて、それからもったいないって思った。何かで形にしなくちゃ。そういうのが、絶対に必要だと思った。映画を撮りたいと思ったきっかけのひとつは、いおりちゃんの告白だよ」

「陽ちゃん……」

少しの沈黙があって、それから返ってくる。

「本当に、変わったね」

「わたしはもともとわたしだよ」

ごまかして、笑う。

「でも、もしも変わったのなら、変えてもらったのは、やっぱり映画のおかげかな」

世の中に娯楽《ごらく》はたくさんある。ひとの心を動かすエンターテインメントが、両手で足りないほどあふれている。

スポーツ、ゲーム、音楽、漫画、小説。そんななかでも、わたしは映画だった。自分の心を埋めてくれるピースは、いつだって映画だった。

思春期というのは、パワーがあふれる時期なのだと思う。それを部活で発散するか、好きな趣味に発散するか、もしくは異性と付き合うことに注力するか、コンビニの間でたむろして、不良的な発散をするか。ひとによってその形は様々だ。

わたしたちは映画を撮る。有り余った力を、映画にそそぎこむ。誰に否定されてもいい。そもそも否定されるいわれもない。だってそれは、自分たちだけの映画だから。

「ほかのひとに任せれば、いいものがもしかしたら書けるかもしれない。ミーコのお父さんのツテを当たってみるとか、いろいろ方法はあるかもしれない。でも、わたしは、いおりちゃんに書いてほしい」

部屋の真ん中に彼女がいる姿を想像し、そこに言葉を投げていた。気づけば拳を握っていた。手汗がすごい。いおりちゃんの返事を、静かに待つ。

最後に一言、こう告げてきた。

「少し待ってて」


いおりちゃんが学校にこなくなって、2日が経った。

初めに不登校に気づいたのは、ミーコだった。いおりちゃんのいる教室の前を通りかかったとき、いつも本を読んでいるはずの彼女の姿がなかったという。メールを送ってみるが、返信がなかった。

放課後の部室にもあらわれず、2人は風邪《かぜ》を疑ったが、わたしひとりはわかっていた。

休みがいよいよ3日目を迎えたとき、ナツが不安を不機嫌な顔で隠して言った。

「家、行ってみるか？　いくら電話してもでないし」

「大丈夫だよ」わたしが応えた。

「なんでわかるんだよ」

「いおりちゃんと電話で話したの。待ってて、って言ってた」

「ちょっと待って。話したの、いおりと？　なんで言わないのよ」

言わなくても、じきにわかるから。

信じているのではなく。確信しているから。

ほら、足音が聞こえてきた。

がらりと、ゆっくりと部室のドアが開く。目にクマをつくり、いつも以上に髪をぼさぼさにしたいおりちゃんが、あらわれた。放課後だというのに、律義《りちぎ》に学生カバンと、それから大きな紙袋を持ってきていた。

わたしたちが口を開くよりも先に、いおりちゃんが紙袋からクリアファイルを4つだした。クリップでとめられた、縦書きのワード原稿がはいっていた。厚みもそこそこある。ナツとミーコも、それが何かすぐにわかった。これだけの量の脚本を、たった2日と少しで書きあげたのだ。2人はぽかんと口を開けている。

「私に任せたのは、みんななんだからね。文句は言わせないから」

そう言って席につき、そのまま突っ伏してしまう。限界を迎えたのだろう、そのまま寝息を立て始めた。

いおりちゃんが起きる前に、わたしたちは脚本を読み始めた。1枚目はタイトルのみで、こう書かれていた。

『タイタニックは部室のなかで』

脚本を読み進めていく。小説とは印象が違って、心理描写や風景描写が限りなく少ない。基本的には登場人物の行動やセリフが主で、ストーリーが展開されていく。

舞台は高校の映画研究会。登場人物は2人。2年生男子の主人公、田中樹《たなかいつき》くん。そしてヒロインは3年生で、先輩の如月《きさらぎ》いなみ。研究会の部員は2人だけで、樹はいなみに恋をしている。彼女と話題を合わせるために、必死に映画を勉強し、鑑賞し、話を合わせて語り合う。

3年生の先輩、いなみは卒業が近づき、部室に来る回数も少なくなってしまう。樹はまだ彼女に告白できていない。このまま時間が過ぎ、離れ離れになるのが嫌だった彼は、とっさにいなみに提案する。映画を撮ろう、と。

「これって……」思わずつぶやく。

「モデルは陽みたいだな。それでヒロインのいなみは、わたしたち3人の代表みたいなものかな」

ナツが言って、くつくつと笑う。ジャンルは恋愛もので、派手さはないけど、興味は失っていないようだった。むしろ前のめりで、一番読むのが早い。

樹が撮る映画は、カメラでひたすら先輩を撮り続けるというシンプルなものだった。世界がいなみの演じるヒロインが1人だけになった設定で、学校をひたすらめぐっていくストーリー。樹にとってはいなみと2人きりの時間を延長し、告白までのモラトリアムを獲得する。

やがて卒業が近づく。それでも樹は、かつて女子に振られた恐怖から、なかなかいなみに告白できない。

とうとう卒業式になる。校門をでようとしたそのとき、樹がいなみを呼びかける。そのまま抱きつき、告白をする。

エピローグは、いなみの入学した大学に1年遅れで樹も入学し、いなみが迎えにくる。そして、エンドマーク。

最初にナツが読み終え、それからわたしとミーコが同時に原稿を置いた。

「けっこう本格的な恋愛ものだったわね」ミーコが言った。

「でも、面白かった。これって撮るとしたら、何分くらいの映画になるんだろう」わたしが続いた。

「どちらかといえば短編映画の印象だったな。30分くらいじゃないか?」ナツが原稿を読み直しながら答える。どういうシーンを撮っていくか、頭のなかで想像しているのだろう。

なんだか本当に、監督みたいだ。

2日で書きあげたとは思えない、しっかりとした、ぶれのない脚本。でも、気になることがひとつだけあった。

「この校門での樹の告白、空白になってるけど、どうしてだろう。タイプミス？」

「そこはわざとそうしてあるの」

気づけばいおりちゃんが起きていた。目をこすりながら、答える。

「そのセリフは決まっていない。厳密にいうと、決めていない。決める必要がない」

「どういう意味？」ナツが訊いた。

「そこだけ、無音で撮影してほしいの。まわりの喧騒《けんそう》も消えて、樹といなみだけの世界になる。樹がいなみに抱きついて、そっと耳打ちをする。観客である私たちには、セリフは聞こえない」

いおりちゃんが続ける。

「『ロスト・イン・トランスレーション』。私の一番好きな映画の、オマージュ」

知っている映画だった。

この部室でも、みんなで観たことのある映画だ。

ソフィア・コッポラ監督の作品。ビル・マーレイとスカーレット・ヨハンソンが主役で、2人のアメリカ人が東京という異国を舞台に、互いにひかれあっていく物語。

「ただ、好きでオマージュするんじゃない。このシーンでは、この物語では、この演出がぴったりだと思ったから」

まっすぐとわたしを見て、いおりちゃんは答えた。

ロスト・イン・トランスレーション。

迷子になった翻訳《ほんやく》。翻訳できない言葉。

「ここでは、陽ちゃんが好きにセリフをいれていい」

ぞくり、と体の毛が逆立つのを感じた。身震いというやつだ。怖いのか、不安なのか、それともわくわくしているのか。わからない。

自分はいったい、このシーンでどんな言葉をかけるのだろうか。どんな心の本音を、翻訳するのだろうか。

「よし！」

ナツが立ち上がる。瞳を見て、完全に火がついているのがわかった。

「これを絵コンテにする！　シーンごとにカットして、撮影しやすいように。絵コンテっていっても、画力は壊滅的だから期待すんなよな。あと、カメラの練習もしたいから、少し時間をおくれ。ということでミーコ、早く持ってこい」

「わかった。機材自体はすでに家にあるから、明日には」

「いや、帰りに取りにいく！　家、寄っていいだろ？」

ため息をつき、最後には了承の合図でミーコがうなずく。２人が触発されるように動きだすのを見て、思わずいおりちゃんとハイタッチしたくなる。距離が離れていたので、目だけ合わせて、ほほ笑んだ。いおりちゃんも小さく笑い返してくれた。

「ひとまず、いおりはお疲れさまかな？　あとはあたしたちの出番だ」

「私も必要なら手伝うから。ＡＤとして。それに、休んでいられない。脚本を担当したんだから、私には最後まで撮影に居合わせる義務がある」

いおりちゃんの律義さに、３人で笑う。

目には見えない。だけど確かに、何かが動きだしているのを感じた。

2

ナツが絵コンテと撮影スケジュールを切り終えたのは、それから2週間後のことだった。カメラの操作も一通り覚えてきたという。

「ということで、完成は冬頃の予定。30分映画にしてはずいぶん長いスケジュールだけど、そこはぜいたくに。季節によって撮れるシーンが違うから、余裕を持たせてある」

気づけば4月も下旬。あと少しでゴールデンウィークが始まってしまう。毎年、ミーコは短期集中の養成学校に通うことになっているし、いおりちゃんも祖父母の家に帰省してしまう。ナツもナツで、部活の助っ人《すけと》にいったり、ほかの友達の遊びに付き合ったりする。つまりその間は映画が撮れない。

スケジュールに余裕があるとはいっても、気持ち的には、今月中に撮影はスタートさせたい。せめて、数カットでもいいから。そう思っていた矢先だった。

朝、教室につくと、わたしの席でナツがカメラを回していた。ぎょっとした。

別に映画を撮っていることが秘密というわけではないけど、あまりにも開けっぴろげで、さすがの度胸だと思った。わたしだったらできない。

「おう、席借りてるぞー。ここからだと、教室全体を撮影しやすいんだ」

「映画のカットの一部？　会話しちゃっててていいの？」

「いまはテストで回してるだけだから。どの部分までが画角に収まるかな、って」

会話している間にも、数人のクラスメイトが寄ってきて、ナツに質問をあびせる。その大きいカメラなにっ？　すごいね。先生にばれたら没収されそう。ナツは器用にひとりずつ対応し、それをはぐらかしていく。ちょっと遊んでるだけー。だろ、面白いぞ。触らせないけどね。先生がくるまでには片付けるよ。秘密だぞ、ばらすなよ。手先のこととなると不器用だが、こういうコミュニケーション関係の巧さには舌をまく。

「よし、ちょっと回してみるか。しゃべんないでおいて」

「う、うん」

いきなりだった。予兆も見せず、いきなり最初の撮影が始まろうとしていた。心構えも何もない。一見適当に見えるけど、そうじゃなく、たんにカットとして使えそうだから回す。最初だろうがいつだろうが関係ない。ナツとはそういう考えの持ち主だ。

ぴっ、と小さくなって、カメラの頭の部分が赤くともる。おそらく三脚を使って回していく場面だろうけど、ナツは手動でそのままパンしていく。カメラを回す腕をつかみ、ぶれないように支えている。器用だ。

教室の全景を収めたところで、ぴっ、と再び鳴る。撮影終了。

「使えそうだったらこのまま使って、だめだったらまた撮りなおす」

「すごいね。いまの初撮影でしょ？　いおりちゃんとミーコとか、呼ばなくてよかったの？」

「なんであいつら呼ぶんだよ」

「いや、その、記念とか」

「撮ることが記念じゃなくて、つくったことを記念にするんだろ」

確かにそのとおりだった。

ナツと一緒に、いまさっき撮った映像を確認する。驚くことに、きれいに画面が回っていた。カメラ自体、決して軽いものではないし、腕の支えに相当力を使っているはずだけど、そんな不自由さを感じさせないパンの仕方だった。

「さすが、運動神経抜群《ばつぐん》だね。ナツじゃないと撮れないよ」

「本当は撮影専用の台車とか、レールとかあるんだろうけどな。ないものねだりはできない。基本はこんな感じで撮影かな」

ナツは続ける。

「あたしさ、トム・クルーズが好きなんだよ。ド派手なハリウッド映画にでているから、だけっていう理由じゃなくて、単純に俳優として映画に向き合う姿勢がすごいと思うんだ。いまじゃ映像技術も発達して、ＣＧで済むシーンやスタントを使うこともできるのに、ぜんぶ自分で演じるんだぜ」

「うん、わたしも聞いたことある」

「『ミッション：インポッシブル』の撮影じゃ、50歳をすぎても世界一高いビルに平気でのぼるし、飛行機にとびうつってそのまま離陸する。しかもそれがぜんぶ面白い。自分のプロデュースの仕方をわかってるんだよな。うらやましいよ」

お気に入りの俳優については、４人でよく盛りあがる話題のひとつである。ミーコは役作りに没頭する、クリスチャン・ベールやヒース・レジャーのような俳優をよくあげる。いおりちゃんはトビー・ジョーンズのような、いわゆる名脇役と言われる俳優たち。わたしの最近のお気に入りは、アン・ハサウェイ。ナツからは、ジョニー・デップやレオナルド・ディカプリオ、ブラッド・ピットなんて名前をよく聞く。派手なアクション映画の主演たちだ。でも、トム・クルーズの名前を聞いたのは、もしかしたら初めてだったかもしれない。ナツは意外と隠したがりだ。誰とでも打ち解けるかわり、誰にも本性をなかなか見せない。トム・クルーズは、ナツの本当のお気に入りだったのかもしれない。

「というか、これはまだまだ風景カット。本番は演者が入るシーンだろ。腕がなるね。今日からさっそく撮るぞ。小道具も持ってきて、すでに部室に運んであるから」

「小道具？」

今日から撮影開始、というところも驚いたが、小道具という言葉も気になった。わたしの興味に反応するように、ナツがにやりと笑って、こう返してきた。

「お前を男子にするんだ」

カツラだった。

普段はポップコーンやスナック菓子、映画のＤＶＤで埋まっている机が、すべてウィッグで埋まっていた。さらには男子の制服まであった。この学校の指定制服ではなく、どこかで買ってきたものだろう。横でナツが得意げに胸を張る。

「この前の休み、原宿《はらじゅく》に行ってそろえてきた。イメージに合うものをかたっぱしから」

とりあえずつけてみろ、とナツがひとつを手に取り近寄ってくる。一瞬、抵抗し逃げようとしたが、有無を言わさず腕をつかまれ、そのままされるがままになった。椅子《いす》に座らされ、かたっぱしからウィッグをつけていく。

「あはははははっ！」

途中でナツの爆笑をはさみながら、調整がされていく。ミーコといおりちゃんも遅れて部室にやってきて、意図を察した。わたしはウィッグをつけるたびに、必ず誰かひとりがこらえきれずに笑っていた。「どうなってるの？　わたしどうなってるの！」いくら叫んでもみんな答えてくれなかった。

笑いすぎたのか、痛そうにお腹をかかえるミーコが、カバンから手鏡を取りだし、ようやく見せてくれた。思ったよりも男子だった。恥ずかしい。

「ミーコのほうはつけないの、ウィッグ」耐えきれずわたしが訊いた。仲間がいれば少しは気が晴れると思った。

「あたしもともと女子の役だし。雰囲気《ふんいき》に合わせて、多少は化粧《けしょう》するけど」

「そんな……」

「陽は肌の色も変えないとな。お前、白すぎると思って、濃い色のファンデも買った。声はさすがに変えられないからしょうがないけど、こだわれるところはこだわるぞ」

言いながら、ナツがわたしの髪を後ろにまとめ、結び終える。それを持ち上げ、決まったウィッグのなかにしまいこんでいく。興が乗ったのか、いおりちゃんがナツの買ってきた濃い色のファンデを露出している肌の部分に、塗っていく。ファンデーションのためのブラシがくすぐったく、腕に鳥肌が立つ。

さらに男子の制服に着替えていく。ワイシャツもぶかぶかで、袖《そで》をまくるしかなかった。制服の長ズボンなんて普段穿《は》かないので、違和感がすごい。

「あとこれもな」と、ナツが渡してきたのは、男性用の靴下だった。

「これも履かなきゃだめなの？　足首なんてほとんど映像に写らないじゃん」

「細部に宿るんだよ、こういう役作りは。気持ちが大事なんだ」

「それなら、まあいいけど」

「ハリウッドの俳優なんか、見た目や雰囲気が映画ごとに変わって、クレジット見るまで誰か気づかないことだってある。『日本の俳優の誰それが10キロ減量！』なんてニュースが笑えるくらいだ」

着替え終えると同時、男装の終わったわたしを3人がじろじろ眺める。目を合わせようとすると、そらされた。必死に笑いをこらえているのがわかった。

「さ、そろそろ本当に撮影に入ろう。カット6の、主人公である樹がこの部室に入ってくるシーン。それから続けてカット7の、いなみのシーンも」

ナツが言って、カメラの設置を始める。いおりちゃんはアシスタントとして、まわりの備品を片づけていく。いなみ役のミーコは席につき、テレビのほうを向く。樹役のわたしが部室に入ってきて、『タイタニック』を観ているいなみと会話をするシーンだ。２人がこの映画研究会の２人きりの部員であることを見せる場面。その最初。

樹はいなみの15分遅れで部室に到着したという設定。だからテレビで流れている『タイタニック』も、15分前後のシーンにする。いまは一時停止していて、カメラが回ればいつでも流せるようになっていた。本当に、こまかい。

「それじゃ、始めるぞ。樹くんはいったん部室の外にでてね」

部室の隅でカメラを設置し、かまえるナツに指示される。大人しく従い、部室のすぐ外、壁際で待機する。お願いだから誰も来ませんように。

ぱん、と大きく手を叩いた音が部室から聞こえた。カチンコの代わりの合図だとわかり、心臓が跳ねた。

できるだろうか。

いや、やりきるしかない。みんなでつくるって決めたから。わたしはいまから、ミーコが演じるいなみ先輩にひそかに思いを寄せる、男子高校生の樹くんだ。

部室のドアをゆっくり開けて、そっと、いなみ（ミーコ）のいるほうを見る。このカットではカメラにいなみ先輩は映らないが、ミーコはそこに座っていてくれていた。

ミーコは、別人みたいだった。

普段にはない気品があった。身長も、体形も変わらない。髪型はストレートになっているけど、そんな変化は微々たるものだ。そのはずなのに、そこにいるのはミーコではなく、いなみ先輩だった。思わず我を忘れ、自分のセリフがあることに、あわてて気づく。

「『今日は何を観てるんですか？　い、いなみゅ先輩』」

「はいカット」

ナツ監督に止められる。噛《か》んでしまった。少しくらい、ごまかせるかと思ったけどだめだった。彼女は見過ごさない。

ごめん、と謝ると、ナツが肩に手を置いてきた。

「緊張するのはわかるけど、商業じゃないんだ。楽しもう。あたしたちの、あたしたちによる、あたしたちだけの映画なんだから」

それはそうだけど。

「なんだか、役者としてナツのほうがよっぽど肝《きも》が据わってる気がする。ナツが樹役をやったほうがいいんじゃない？　ナツのほうが髪もまだ短いし、それに胸だってわたしのほうが大きいし」

「そのおっぱい剝《そ》ぐぞこら」

胸を力いっぱい揉《も》まれた。揉まれたというよりは、つかまれた。わしづかまれた。本当に剝がされそうな勢いだった。

「いいからとっとと戻れ！」と、そのままナツに蹴《け》りだされ、また部室の外に戻る。

でも、ナツの言うとおりだ。楽しむために、思い出に残すために、映画を撮る。

緊張さえも、その一部なら。受け入れて演じよう。

パン、と手を叩く音。カチンコの合図。

部室のドアを開けて、いなみ先輩を見る。小さくためをつくって、言葉をもらす。語りかける。

「今日は何を観てるんですか、いなみ先輩」

数秒の間があいて、パン、と手を叩く音。カットの合図。いおりちゃんとナツがカメラの映像を確認する。2人がうなずき合ったのが見えた。おーけー、と親指を立ててくる。

ほっと、息をつく。

たった1カット。それでも全身の筋肉がこわばって、ああ、これが撮影か、と実感する。当たり前のように享受《きょうじゅ》している映画。そのワンシーン。たったそれだけでも、俳優は比べ物にならないくらい、何倍もの緊張を強《し》いられているのだろう。そう考えて、映画がより、神聖なものに思えてきた。だからこそ、真剣にやろうと思った。

わたしのカットが終わり、次はミーコ演じるいなみ先輩のカット。さっきの樹の質問に対し、反応する場面。

画角にうつらないよう部室の端により、撮影を眺める。いおりちゃんは絵コンテを手に、何やらチェックをつけている。

「そんじゃ、8カット目。いなみ先輩の反応のシーン」

いなみは『タイタニック』が流れているテレビを見たままだ。ナツのカウントも聞こえているのかどうか、疑うほど、微動だにしない。

カメラの撮影スイッチが入る、ぴぴっという小さな音。パン、とナツが手を叩く。そして自然な動作で、ついいまさっき、樹が彼女を呼んだかのように、いなみ先輩（ミーコ）がカメラのほうを向く。小さくほほ笑んで、

「『おつかれ、樹くん。『タイタニック』だよ。えへへ、ひとりで観ちゃってた』」

先輩でありながら偉そうな態度もなく、物腰やわらかく、大和撫子《やまとなでしこ》で、映画に夢中で、樹の心をつかんでいるいなみが、確かにそこにいた。

カットを告げる、手を叩く音でわたしも目が覚める。気を抜くように、ミーコも息をつき、カメラによっていまのシーンを確認する。

「いいんじゃないか？　さすが普段オーディションとか受けてるだけあるな」

「嫌、撮りなおし」

「へ？」と、３人の声が重なる。

ミーコが指さすのは、自分の顔。何も問題ないように見えるが、彼女にとってはその部分が気に入らないらしい。

「カーテンの影が顔にうつってる。こんなのだめ。きれいに撮ってもらわないと」言いながら、窓際に移動し、カーテンの位置を自分で調整する。

ナツに指で合図し、手早くカメラを回させる。『タイタニック』を巻き戻し、また再生。

テレビからこちらを向き、小さくほほ笑むいなみ先輩。

「『おつかれ、樹くん。『タイタニック』だよ。えへへ、ひとりで観ちゃってた』」

時間を巻き戻したみたいに、さっきとまったく同じ演技。表情。カットがかかり、また確認する。ミーコも、まあ、こんなもんじゃない、とオーケーをだす。

持ってきたパソコンにカメラの動画をアップロードし、さっそく編集ソフトにかける。撮ったシーンをつぎはぎし、7カット目と8カット目がつながれた、そのシーンを4人で眺める。

部室のドアがゆっくり開き、男装したわたしが現れる。「今日は何を観てるんですか、いなみ先輩」。カットが変わり、いなみ先輩がカメラに向かって振り返る。小さく笑い、「おつかれ、樹くん。『タイタニック』だよ。えへへ、ひとりで観ちゃってた」。

観終えたあと、おお、と思わず息がもれた。

たった数秒。わずか2カット。だけど確かに、映像がそこにあった。場面が展開されていた。

「なってるじゃん、映画みたいになってるじゃん！」

ナツが遅れてやってきた興奮を体で受け取り、跳ねまわる。樹になっている自分の姿は相変わらずへんてこで、不格好で、まだ見慣れない。けれどナツの言うとおり、これは映画の一部だった。

「もっと撮ろう！　このシーンは今日中にやっちゃおう」

ナツの一言で、みんなが動きだす。


途中で陽が傾いてしまった。何カットも撮り、ときにリテイクを重ねていると、あっという間に時間が過ぎる。映像のなかではほんの数分だが、現実では3時間近くが経っている。数カット前は壁にあった日の影が、一瞬後には消えてしまい、陽の傾きのせいで、つながらなくなってしまう。そこでアドリブとして、『タイタニック』を観ながら、いなみ先輩がカーテンを閉じて、部屋の明かりを落とすことにした。こうすると日の傾きに影響されずに済んだ。

『タイタニック』について語り合う2人。何気ない日常。映画冒頭のシーンを、初日にして撮り終える。ここにわたしのナレーションが後付けで録音され、背景に流される。

撮影が終わり、くたくたになりながら帰路についた。撮影途中はアドレナリンのおかげで気にせずに済んだが、緊張が解けたのか、どっと疲れがおしよせる。途中で歩けなくなり、いおりちゃんにコンビニでジュースをおごってもらった。ベンチに座って、少しだけ休憩に付き合ってくれた。

「お疲れさま」

もたれかかるわたしを、いおりちゃんが支えてくれる。

「やっと始まったね、撮影」わたしが言った。

「樹くん。似合ってたよ」

「またからかってる」

「本当だよ。だってモデルは陽ちゃんだもん。私の想像してた通りの樹くんだった」

「……そうかな」

演技こそ、目も当てられないものだろう。初心者なのだから、当然だ。棒読みの演技もいいところ。だけどこの映画では、いおりちゃんに褒《ほ》めてもらうのは、誰に認められるよりも、嬉しかった。

帰宅してから夕飯の途中で睡魔が限界になった。シャワーだけ浴びて、自室にあがる。そのままベッドにダイブし、ふひぃ、と息をはいて身を沈めていく。目をつぶると、今日1日の出来事がかけめぐっていく。眼球が閉じた瞼《まぶた》のなかで、激しく動くのを感じた。

疲れた。けど、心地よかった。

こんな気分、味わったことない。

このまま眠ろうとするのに、妙に興奮して、なかなか寝付けなかった。

3

部室で撮影準備をしていると、ミーコが知らない男子生徒とやってきた。男子生徒は何かを重そうに抱えていて、それがデスクトップのモニターだとわかった。

「これ、どこにおけばいい、佐々木《ささき》さん」

「うん！　その机のうえにでも。本当に助かったよ、光太郎《こうたろう》くん」

何枚の皮をかぶればそんな声と態度ができるのか。形はミーコでも、中身が別人みたいだった。元気で、華があり、純粋な女子高生。のように見える。

光太郎くんとやらが、額に汗を光らせながら、抱えていたデスクトップのモニターをミーコの席におろす。わたしたちは黙ってそれを見守る。というより、事態を呑《の》み込もうと必死に考えている。

「ほかのひとにはなんだか声をかけられなくて、やっぱり光太郎くんにお願いして、よかったよ」

ミーコが歩み寄る途中で、机の角に足をぶつける。よろめいて、光太郎くんと呼ばれる男子にもたれかかる。あ、あ、あ、あ、と声を途切れさせながら、ミーコをしっかりと支える。ああ、これでは完全に、彼女の手玉だ。

「ご、ごめんね。えへへ」

「いつでも頼って。じゃ、じゃあ僕はこれで」

ミーコが秘密の挨拶《あいさつ》みたいに、小さく手を振ると、光太郎くんも振り返す。前を見ていなかったのか、そのままドアのへりに肩をぶつける。肩をさすり、男子はそのまま退場していく。

くるりと振り返り、こちらを向くころには、通常運転のミーコに戻っていた。

「ということで、これ、デスクトップだから」

無邪気で、明るさいっぱいの女の子の声ではもうなかった。光太郎くんの知っているミーコはもう、ここにはいない。

「なにいまの。『えへへ』って。寒気がしたぞ。わざと転んだりもして」ナツが言った。

鳥肌が立ったのか、腕をさすっている。

「ああいうのが効く種類もいるの。パソコン同好会、の男子連中みたいに」

「なるほど、それでデスクトップだ」わたしが言った。

ミーコは編集の作業がしやすいように、デスクトップのモニターを調達してくれたのだ。

パソコン同好会の男子をうまく誘惑して、部室に運ばせるまでした。

「安売りはしないいんじゃなかったのか？」ナツが訊いた。

「もちろん、これで貸しひとつだから。きっちり返してもらうからね」

ミーコは答えながら、そのまま席について、髪をとかし始める。いなみ先輩になる準備だ。映画談義を始める普段の時間が、最近はすっかり撮影の時間に代わっている。

「ぼちぼち始めるか。今日はいなみ先輩に、樹が映画製作を持ちかけるシーンだ」

ナツがカメラを持ち、立ちあがる。いおりちゃんも絵コンテを抱え、それに続く。

さあ、樹になる時間だ。

わたしも頑張ろう。


「やっぱ無理！　むりむりむりむりむり！」

部室の外だった。

本校舎の廊下だった。

途中で撮影場所に気づき、血の気が引いた。なんとか抵抗してみたが、ナツに腕をつかまれ、そのまま引っ張られてきてしまった。リノリウムの床とゴム製の上履《うわば》きは、踏ん張るには相性が悪い。

「お前なぁ。ここまできてるんだぞ。ミーコも準備できてるし」

「ミーコはいいよ！　ほぼ素のままじゃん。わたしなんて男装だからね！　校則違反どころじゃないから！」

「平気だよ、誰も気づきゃしないって」

ナツが手を広げ、まわりを見ろと促す。放課後、教室に残っていたであろう女子生徒数人がちょうど通り過ぎていった。目が合って、そのまま逃げるように走っていった。

「がっつり見られたじゃん！　ちょっと怯《おび》えられたじゃん！」

「ほら、また生徒がきちゃうぞ。見回りの教員だってくるかもしれないぞ」

恥ずかしさで、体中から汗が噴きだしているのを感じる。着ているワイシャツも肌にはりついて、気持ち悪い。ウィッグのせいで頭のなかがこもって、いますぐかきむしりたくなる。

「わかった。やるよ」

「さすが陽ちゃん。いや、樹くんか」

ナツが笑って、準備を始める。カメラを三脚に設置。今回は固定でまわしていく。外野が来ないように、いおりちゃんには見張りに立ってもらうことになった。

受験勉強やあれこれが忙しくなり、離れていくいなみ先輩を、ひきとめるシーン。樹は映画製作を持ちかける。内容もぜんぜん決まっていないのに、その場で設定やストーリーを、思いつくままに、すべて決めてしまう。その顔やマシンガンのように放たれる言葉で、樹の必死さを伝える。驚くいなみ先輩だが、最後はいつもの気品がある、ゆったりとした笑みで、樹の誘いに応える。

「『いなみ先輩！』」

樹（わたし）の叫び声寸前の呼びかけに、きょとんとした顔で振り返るいなみ先輩。

「『い、樹くん？』」

「『一緒に映画を撮りませんか？』」

「『映画？』」

「『そうです！　映画です！　いなみ先輩を主演にした、短編映画。ストーリーはとつぜん人類が消えた世界で、いつものように授業を受けて生活しようとする女子高生の話』」

樹が間髪《かんはつ》いれず映画の説明を続ける。いなみ先輩はところどころで口を挟もうとするが、樹がそれを許さない。離れたくない、もっと2人で一緒にいたい、その一心。

開いている窓から風が入ってきて、彼女の髪が静かに舞う。この子を撮れたら、どれだけ美しい映像が撮れるだろう。樹は想像し、呆《ほう》ける。

いなみ先輩がやさしくほほ笑み、答える。

「『いいよ、やろう。映画を撮ろう。樹くん、私を撮って』」

数秒の沈黙。シーンの途切れ。

パン、と手を叩く音。離れた意識が、それで戻ってきた。そのまま立ちつくす。ミーコはすでに移動し、カメラに寄ってナツたちとともに映像をチェックしている。

「いいじゃん。てっきりもっと撮りなおしになると思ってたけど、一発オーケーじゃないか？　陽も今回、集中してたな。普段の癖《くせ》が、いいほうに作用したか？」ナツが言った。

「なんでもいいから、早くこのウィッグと制服を脱がさせて。部室に戻らせて」

「なるほど、原動力はそれか」

いおりちゃんがわたしに近づき、紙袋を渡してきた。なんだろうと思ってのぞきこむと、わたしの制服だった。なんと着替えを持ってきてくれていたのだ。いおりちゃんに感謝のハグをして、そのまま紙袋を抱え、近くのトイレに駆けこんだ。

ウィッグを外し、男子制服をあらかた脱いで、ほっと息をつく。ウィッグと男子制服を紙袋にしまいこみ、いつもの制服に着替えて、ようやくトイレからでる。

トイレの前で、ミーコが腕をくんで待っていた。

「いおりちゃんとナツは？」

「先に部室に戻っていった。カメラ持ってるとこばれたらまずいからね」

「ミーコは待っててくれてたんだ。やさしい」

「仕方なくよ。ほら、行こ」

ミーコが先に歩きだすので、あわててわたしも追いつき、横に並ぶ。

出演者2人がそろえば、とうぜん、撮影の話題になる。メイクが面倒くさいとか、撮影の直前に少し緊張することとか、スイッチの入れ方のコツとか。最近観た映画の話も交えながら、俳優が普段、どれだけすごいことをやっているかを実感したことも明かした。ミーコも同じ意見だと言ってくれて、嬉しかった。

ミーコとこうして2人きりで話したのは、春休み明け以来だ。基本は部室で合流するし、そのころには4人そろっている状態が常だ。わたしが映画製作をみんなに持ちかける前、まだ3年生になったばかりのころ。あのときのミーコとの話題は確か、

「どうして声優なのか、って、あたしに訊いたでしょ」

「え?」

一瞬、心を読まれたのかと思った。そう、ミーコの夢の話をした。将来の話をした。彼女は声優を目指している。小さな事務所に所属し、たまの機会には養成学校の授業を受講もし、オーディションもこなしている。いつも一緒にいるのに、どこにそんな時間がある

のだろうと疑うくらい、ミーコは平然とやってのけている。

「体を動かすのが嫌だから、って言ってたね。だから女優じゃなくて、声優だって」

「嘘だって言ったら、どうする？」

数秒の沈黙。

いつものわたしなら、どんな言葉をかけるべきか、必死に足元を見ただろう。言葉の立て札を探しまわり、あわてているだろう。だけどいまのわたしの心は、落ちついていた。自然と、思ったことを、翻訳《ほんやく》した。

「ほかの理由があるの？」

「小学生ってさ、ささいなきっかけひとつあれば、いじめのネタにするじゃない？　あたしの場合は、『声』だった」

それは。

初めて聞かされた、ミーコの過去だった。

「小学生のころは、なんというか、ちょっと軽くて、かん高い声だった。どこか浮ついていて、自分でもわかるくらい、違和感があった。中学生になるころには少し低くなって、だいぶ安定したんだけど、でも、小学校ではしゃべるたびに笑われたし、騒がれた」

いじめにあったことは、わたしはない。

加害者にも、被害者にもなれず、ただ、傍観者《ぼうかんしゃ》だった。だけど、傍観者なりに考えたことがある。

他者を否定し、批判することで、自分にパワーがあると優越感を抱き、自己を肯定する。自分の存在を証明するための手段のひとつが、いじめだ。社会人であれば仕事で、大学生や高校であれば部活や勉強の成績で、年齢によって方法は様々だけど、小学生にとっては、いじめという行為が一番てっとり早く、お手ごろだ。

食い止められないという観点で語るなら、いじめは災害と同じだ。運が悪かったと開き直るしかない。どこかの映画で聞いたのか、それとも純粋な自分の意見か。わからないけど、とにかくミーコは、運悪く被害にあった。

「あたしはしゃべるのをやめた。そうすると今度は別の話題で盛り上がって、いかにあたしに声をださせるか、みたいなゲームが流行《はや》った。上履きに毛虫を放りこまれたり、机のなかが牛乳まみれになっていたり」

「ひどい……」

「語り尽くすと、きりないわよ」

こんなのは、ほんの一例だから。いまでこそ、そうやって笑うミーコだが、当時はきっと違っていたはずだ。彼女のそばにいられなかったことが、心を締めつける。そんな過去はありえない。ありえないからこそ、痛い。

「それで、ミーコはどうしたの？」

「耐えた」

ただ一言、そう答えた。

ミーコは続ける。

「耐えて、耐えて、耐えて、耐え続けた。それで決めた。いつか見返してやるって。あたしはお前らがバカにしたこの声で、有名になってやろうって。お前らがいつか感動し、涙を流し、心つき動かされるその映画やアニメに、あたしの声を乗せてやろうって。あたしの名前が載ったクレジットをつきつけてやろうって」

それが、理由。

声優を目指しているミーコの、本当の理由。

「声を仕事にできれば何でもいいって思ってたけど、映画やアニメがまっ先に浮かんだのは、父親の影響かもね。仮にも映像関係の仕事だし。とにかく、口にしたのはこれが初めて。だからあんたが、最初の聴講者よ」

「嬉しいって言って、いいのかな」

「もしまわりに広まったら、あんたが犯人だからすぐにわかるよ、っていう警告よ。ばらで、謝った。

したら許さないからね」
いつものミーコで、思わず笑ってしまった。ミーコがむっとして、頬《ほお》をつねってきたので、謝った。

映画をつくろうと提案していなかったら、こんな彼女の言葉は、聞けなかったかもしれない。声優を目指した理由も、知ることがなかったかもしれない。友達の知らない部分が、知らないままだったかもしれない。

間違っていない。そう信じたい。

こうして新しく、ミーコの一面を知っても、わたしにとっての彼女の印象は変わらなかった。ただ、より濃く、鮮明になっただけ。佐々木美由《みゆ》。美由という名前からとって、あだ名はミーコ。猫みたいに可愛《かわい》い彼女は、だけど虎と同じくらい強い女の子だ。彼女と友達でいられる自分が、誇らしかった。

「やっぱりミーコは、ミーコだね」

「なによそれ」

虎と並んで、廊下《ろうか》を歩く。

4

撮影スケジュールにも余裕ができた。ナツの組み立てた通りにいけば、1週間に1回か2回、撮影をすれば冬には完成する予定だ。樹といなみもまた、物語のなかで、わたしたちと同じ1年間を過ごす。そのうえで季節ごとに撮るシーンがあるから、どれだけ急ごうが、このスケジュールが遅れることはあっても、巻くことはない。

そして映画とはまた別に、わたしたちのスケジュールを埋めるものがあった。

本格的な梅雨《つゆ》にはいった6月。担任教師があるプリントを配った。大きな文字で、『オープンキャンパス報告書』とあった。

「ひとり2校程度はいき、配ったプリント内の報告欄《らん》を埋めること。オープンキャンパスに参加してきしだい、私のところに持ってくるように。以上」

「最新式のウィッグもついでにお土産《みやげ》として提出したら、あたしの内申点に加算してくれますか？」

ナツがすかさず手をあげると、くすくす、と教室中が笑いだす。担任教師の鴨野《かもの》がにらむと、すぐにやむ。もはやこの2人の応酬《おうしゅう》は、クラスの名物となっていた。

「そういう交渉は、見るに堪《た》える内申点を取ってきたらにしろ」

鴨野先生の精一杯の反撃で、ちょうど放課後を告げるチャイムが鳴る。ナツがカバンをかついで立ちあがり、プリントをひらひらと遊ばせながら、わたしに近づいてくる。

「なんか、ついに受験生って感じだな」

「ナツはどこ行くか決めてる?」

「悔《くや》しいことにあの担任の言うことは正しい。あたしの内申点は、確かに見るに堪えない。だから選《え》り好みはできないな」

「わたしも推薦《すいせん》は無理かな。そろそろ勉強、始めないとね。ずっと縁がないと思ってた書店の赤本コーナーだけど、ついに踏みいるときがきたね」

「あたしはオープンキャンパスにだっていく気ないけどな。こうやってわざわざプリントにして、報告させようとするところ、本当うちの学校は悪趣味だ」

言いながら、プリントをにらむナツ。普段の校則にさえストレスを抱えている彼女のことだ、目を離せば、いまにもやぶきだしそうだった。

規則とは束縛《そくばく》であり。

報告とは管理である。

常識は枷《かせ》にすぎず、常にそれが当然かどうか、疑ってかかる。これに従っていいのかと、自分に問いかける。

ナツの行動原理は、とにかく自分の自主性が奪われないようにすることに尽きる。やれと命令されれば、自らやる気を捨てる。そんな彼女が、映画の製作を簡単に受け入れてくれたことが、あらためて気になった。

部室に向かう途中で、彼女にずばりと訊いてみた。

「どうして映画製作、付き合ってくれるの？　結局、ナツの好きなアクション映画ではなくなったし、どちらかといえば、地味めな青春ものだよ」

「そんなの簡単だ」

ナツの答えは単純明快だった。

「面白そうだから。ずっと映画を語り合ってきた3人と、どんな映画がつくれるだろうって、わくわくしてるよ。大丈夫、受験勉強みたいに、途中でやる気をなくしたとか言って、放り投げたりしないから」

「いや、受験勉強も放り投げちゃだめだよ……」

あはは、とナツは快活な笑い声をあげる。本当にわかっているのだろうか。

ふと、その笑い声がやむ。それからナツは思い出したように、カバンをあさりだす。ようやくだしてきたのは、さっきもらったばかりのプリントだった。丸まってくしゃくしゃになったそれを、壁を使い丁寧《ていねい》に戻していく。プリントの裏には、県内近郊の大学のオープンキャンパスの日時が一覧になっている。

「どうしたの、ナツ」

「陽。映画のラストってさ、確か樹といなみ先輩が大学で再会するだろ。いなみ先輩と同じ大学に、樹も追いかけてきたっていうシーン」

ナツが指をつかい、一覧から一番近い日付のオープンキャンパスを探しているのがわかった。それで何をしようとしているのか、すぐにわかった。

「いやあ、ずっと考えてたんだよ。大学のシーンってどうやって撮ろうかって。勝手に入っていいものなのかどうかもわからないし」

「ちょ、ちょっと待って！　1回、落ちつこうよ。百歩譲《ゆず》って校舎内は頑張れたけど、そこは完ぺき外だよ？　それにラストシーンだよ、こんな序盤に撮っちゃっていいの？」

「関係ないよ。どの映画だって、カットごとに撮影してるわけじゃない。クライマックスを先に撮るケースだっていくらでもあるし、むしろそっちのほうが普通なくらいだ。カットの順番通りに撮影するこだわりも特にないし」

「わたしなんかどうなっちゃうと思ってるの？　校舎内ですらパニック寸前だったのに。いくらなんでも心の準備が……」

向き直るナツの瞳を見て、言葉がとまった。

聞いちゃいなかった。もうだめだと悟った。

「みんなでオープンキャンパスにいくぞ！」


土曜日。普段は使わない電車を乗り継ぎ、駅から徒歩10分。学生をターゲットにした飲食店の並ぶ通りを進み、たどりつく。うちの高校とは比べ物にならないほど、太く立派な門柱。そのすぐそばに守衛室。広がるキャンパスには、いくつもの建物棟がある。門から正面に見える建物には、巨大な壁時計も設置されている。

「きちゃった。本当にきちゃった」

朝起きた瞬間から憂鬱《ゆううつ》だった。土曜日に学校制服を着るだけで、なんだか休日を失われたみたいで損した気持ちになるのに、そのうえこれから大学内で着替え、個人的な映画を勝手に撮ろうとしている。

「あたしといおりは、大学の構内撮りに行ってるから、どこかのトイレで着替えてこいよ」

ナツは言いながら、躊躇《ちゅうちょ》せずリュックサックからカメラを取りだす。わたしとミーコは大学生になったという設定なので、私服に着替えなくてはいけない。オープンキャンパスで私服でうろつくなんて。

「学校にばれたらどんな目にあうか。同じ学校の生徒が来ていないとは限らないんだから。むしろ来てると考えたほうがいいよ。ああ、どうしよう」

「トランスレーションしてるわよ」

「そりゃするよ！　平常でいられるほうがどうかしてるよ。というか、ミーコはなんで平気なの？」

「え？　だってあたし可愛《かわい》いし」

理由になっていない。そして本人は説明を果たしたみたいに、さっさと奥へ進んでしまう。ああ、ついに構内に踏み入った。信じられない。

近くにいた守衛さんが大学のパンフレットをミーコに渡した。ミーコが丁寧に頭を下げると、守衛さんが笑顔になった。これから私服になって、映画を撮るとは間違っても思われないだろう。信じられない。

ナツたちのほうを振り返ると、すでに撮影を始めていた。門柱、近くの風景を撮影している。信じられない。すがりつくようにいおりちゃんを見た。視線を感じ取ったのか、すぐに目を合わせてくれた。特に何ともないという表情。普段通りだった。

「いおりちゃんは平気なの？」

「私はずっと制服のままだし。いざとなったら他人のフリするから」

意外と黒かった。友達がわからなくなってきた。

撮影を終えたナツが、まだいたのか、とあきれてため息をついてくる。

「大丈夫だよ。ちょうどもうすぐ、学部説明会が始まるだろ。オープンキャンパスに来てる生徒はどこかしらの教室に行ってるよ。その間にとっとと撮影しちゃおうぜ」

「で、でも」

「さっさとしないと時間が短くなって、説明会が終わってでてくる連中とでくわすぞ。あたしは構わないけどな。エキストラ代わりになるし」

急いで駆けだした。守衛さんから素早くパンフレットをもらい、ついでにトイレの位置を聞きだした。後ろから笑い声が聞こえたような気がした。

構内には大きめの図書館があった。そのすぐわきにトイレがあり、飛びこむ。個室に入ろうとしたところで、横からひとがでてきた。着替え終えたミーコだった。ほっと息をつき、自分も着替えをすませる。もちろん男性用の私服だ。ナツがいつの間にか用意していた。そして何度も繰り返したはずなのに、やはり最後のウィッグをかぶる瞬間が、恥ずかしかった。

外にでると、道の向かいのベンチで3人が集まっていた。ナツの言う通り、説明会が始まった時間を過ぎてからは、あちこちで見かけた高校生の姿がなくなっていた。私服の男女（ここの学生だろう）がたまに通り過ぎるだけで、彼らもとくに、わたしたちに不審げな目を向けてくることもない。

意外と無防備で、開放的な場所なのかもな、と大学に対する印象が変わった。志望校ではないものの、余裕があれば、もっとゆっくり雰囲気《ふんいき》を見たかった。

「さ、撮るぞ。少し早めの、ラストシーンだ」

わたしたちの映画の、ラストシーン。

これから撮影されるのは、樹がいなみと同じ大学を目指し、見事合格し、再会するシーン。映像では見せられていないが、２人はすでに交際をしている。

講義が終わり、空き時間を利用してベンチで読書を楽しむいなみ。そこに影が差す。顔をあげると、樹がいる。いなみが笑顔になる。

「『遅いよ。待ってたんだから』」

待ち合わせに遅れたこと、そして大学で彼が入学してくるまで待っていたこと、２つの意味を重ねた言葉。

「『ごめん、ちょっと迷っちゃって』」

「『入学してまだ3日だもんね。わたしが案内してあげる』」

そう言って立ちあがり、2人は並んで歩く。カメラの画面から2人の背中が遠のいていく。カメラは動かず、同じ位置で2人を見つめる。自然なしぐさで、2人が手をつなぐ。そして構内の奥へと消えていく。ここまで合わせて、4カット。最後は長回し。

「大丈夫だよ」

ナツがそっと、わたしに言ってきた。それではっと、我に返る。いなみ役のミーコはすでにベンチに座り、本を読む演技に入っている。いつでもわたしが入れる状態だった。

「お前は窮地《きゅうち》に陥《おちい》るほど集中力を発揮できる。だから大丈夫だ。さ、演じてこい」

「……うん、行ってくる」

深呼吸をひとつ。それからいなみに近づいていく。

あとはもう、無我夢中だった。

「ほら、もう終わったわよ」

ミーコの声で気づき、つないでいた手を離す。手汗がすごかった。ミーコがさりげなく服のはしで握っていた手を拭いていたので、地味に傷ついた。けど、そんなことはどうでもよく。

撮影場所に走って戻り、映像を確認する。おーけーだな、とナツが言って、ほっと息をつく。ミーコによるリテイクもなし。

「よかった。これも一発オーケーだね」

「はあ?」

わたしの言葉に、ナツが心配するような声をあげる。

「何言ってるんだお前、これ4テイク目だぞ」

「あれ、え、そうだっけ?」

「ミーコが1回目につまずいて、2回目は近くの工事の音が入り込んで、3回目はお前が立ち位置を間違えた」

「そんなに撮ってたの?」

「あんた、どんな集中力してんのよ」

本当に覚えていなかった。そうだったような気もするし、しなかった気もする。ナツとミーコ、いおりちゃんがお互いに顔を見合わせ、わたしにまた視線を戻してくる。

「まあいいわ。次はあたしの構内を歩くシーンでしょ。ひとまず陽はお疲れ」

「あ、わたしもう終わり? 着替えてきていい?」

いけいけ、とナツが手で払いのけるようなしぐさを見せる。いおりちゃんに預かってもらっていた着替えのカバンを抱え、トイレに走った。

戻ってくると、ナツとミーコの姿がなかった。構内の奥に進み、撮影に行ったのだとわかった。いおりちゃんがオレンジジュースの缶をひとつ持って、日陰のベンチで待ってくれていた。6月も中旬で、日向《ひなた》のほうはかなり熱い。朝の天気予報では30度を越えるところもあった。撮影から解放され、いまになってようやく、じりじりと肌を焼く日差しを感じた。

「お疲れ様」

「ありがとう、いおりちゃん」

受け取ったオレンジジュースの缶を、頰《ほお》におしつける。水に潜ったみたいに、気持ちよかった。ミーコたちが戻ってくるまで、わたしたちはここで待機だ。

「なんだかさ。映画を撮り始めてから、みんなの意外な一面とか見られて、面白いよね」

わたしが言った。

いおりちゃんが笑って、すぐにこう返してきた。

「私だってびっくりしてるよ。さっきの陽ちゃん、怖いくらい集中してた」

培《つちか》われた集中力は、きっと映画の鑑賞によるものだ。自分の家で、あの部室で、なん百本、何千本、何万本と映画を観てきたことによって得た、かすかな特技。

「受験にも使えたらいいな、この集中力。ぐへへ」

「陽ちゃんが露骨に欲をだし始めた」

2人で笑いあう。

風が吹くと気持ちよかった。さっきまでウィッグで蒸れていた頭皮も喜んでいる。いおりちゃんは手元に文庫本を持っていた。井伏鱒二《いぶせますじ》の小説。映画のなかのいなみ先輩が持っていた本と同じだった。あれはいおりちゃんの本だったのだ。

いおりちゃんの横顔を盗み見て、その姿がいなみ先輩と重なった。ベンチに置かれた無防備な手に、少しだけどきどきする。握ったら、いおりちゃんは驚くだろうか。

「ありがとうね、陽ちゃん」

いおりちゃんの声で、あわてて視線を戻す。持っていた缶ジュースをこぼしそうになった。か細いけれど、しかし不思議と通るあの澄んだ声で、いおりちゃんはこう続けた。

「自分の書いた物語がこうやって映像になっていくの、すごく楽しい。顔にだすのは苦手だけど、本当は毎日、わくわくしてるんだ」

照れたように、小さく笑う。

「陽ちゃんが誘ってくれなかったら。書いてって言ってくれなかったら、叶わなかった。こうやって思うこともなかった」

「まだ撮影は終わってないよ、いおりちゃん」

「うん。わかってる。でもこらえきれなくて、どうしてもお礼が言いたかった。踏み出してみて、本当によかった」

今度はわたしのほうが照れて、いおりちゃんの顔から視線をそらしてしまった。缶ジュースの蓋《ふた》の部分、わずかについた、小さなオレンジの果実の欠片《かけら》をじっと見つめる。

うれしくて。そういってもらえて、どれだけ報われたか。どんな言葉を用いれば、いおりちゃんに伝わるか。いろいろ考えて、体がくすぐったくなった。

「私、脚本家、目指してみようと思う。もちろん大学に通いながら。どこかに応募とかしてみようと思う」

「うん。楽しみにしてる」

それで会話が終わった。あ、といおりちゃんが何かに気づき、指をさす。構内の奥からミーコとナツが戻ってくるのが見えた。

いおりちゃんが本をカバンにしまい、立ちあがる。わたしもジュースを飲みほし、それに続く。並んで歩くと、いおりちゃんが手をつないできた。

夏が始まろうとしていた。

第三章

いなみ先輩の家

1

プールに足を投げだし、優雅に浸らせていた。そんないなみ先輩はおもむろに立ちあがり、制服のまま勢いよく飛びこんだ。

激しい水しぶきがあがる。樹《いつき》は映画製作のためにカメラを回し、プールサイドで遊ぶ彼女を撮っている最中だった。いなみ先輩のアドリブである。樹は困惑の表情。

「カット！　そのまま続けて、89カット目いくぞ」

ついこの前、１００円ショップで買ったプラスチックの安物メガホンを使い、ナツが叫ぶ。そして再び、撮影開始。89カット目。セリフを反復し、準備完了。

樹（わたし）はカメラを回したまま、あわてて彼女が飛びこんでいったプールサイドに向かう。

「『い、いなみ先輩！　大丈夫ですか⁉』」

「『ほら、ちゃんと撮って』」

樹はいまだ整理がおいつかず、彼女の行動にあっけにとられたままだ。一方のいなみ先輩は対照的である。

「『気持ちいいよ。樹くんもおいで』」

「『カメラがあるから無理ですよ』」

「『とってもきれいなのに』」

プールから顔をだすいなみ先輩。普段は気品のある先輩にはめずらしい、むじゃきな笑顔と、水面に反射する夏の日差しの相性は抜群《ばつぐん》だ。

そしてまたカット。次は90カット目。撮影開始。

やがてひとかき、ふたかきと泳ぎ、プールサイドからいなみ先輩があがる。

91カット目。

乾いていた地面が、彼女の歩いたあとから順番に濡れていく。びしょびしょになった制服。肩越しにすけるブラのヒモ。髪の毛からしたたる水滴が、妙に艶《あで》やかだ。

「カット!」

ナツがプールシーン最後のカットをかけて、撮影終了。いおりちゃんが撮影の停止したカメラの前を横切り、すかさず演者であるミーコのもとへ、バスタオルを届けにいく。

7月も佳境《かきょう》。中間テストがついこの前終わり、久々の撮影だった。

夏休みが始まる前に、このプールのシーンを撮ろうということで、今日は放課後、こうして忍び込んでいた。実はかなりやばい。

「こらぁ！　お前ら何してる！」

心配したそばから案《あん》の定《じょう》、見回りにでていた教員のひとりが、柵《さく》の外から叫んできた。明らかにわたしたちのことだった。プールへはいるには、基本、更衣室を経由する。教員は更衣室に向かって走っていく。捕まえる気まんまんだった。

「やばいやばいやばい！　逃げろっ」

ナツの一言で、みんないっせいに駆けだす。以前動画サイトで観た、食事中の猫数匹が物音にとびあがって、すさまじい俊敏力で逃げだす映像が頭に浮かんだ。もし誰かが捕まっても、それは自己責任だからね。と、チームワークをまったく感じさせない駆けだしかただった。さらにはナツがこんなことまで言ってくる。

「ビリのやつはマックおごりな！」

「あんた状況わかってんの！　そんな場合じゃないから！」

言いつつ、トップにおどりでるのはミーコだった。

あらかじめ見つけておいた裏口、柵が錆《さび》で朽《く》ちて開いた部分から、脱出する。そのまま素早く校舎に入り、カモフラージュのためにわざと遠回りをして、旧部室棟まで戻ってきた。息を切らしながら、おのおの部室に入っていく。ちなみにわたしはビリだった。万が一にウィッグが外れないようにと、腕を献上していたのが大きい。

部室のなかは熱がこもっていた。旧部室棟、同好会に与えられたわずかなスペースの部室に、エアコンなどという近代文化は搭載していない。美化委員であるいおりちゃんが、ナツに指示されて拝借してきた古い型の扇風機がひとつだけだった。

天然のサウナ状態に耐えきれず、ナツが窓を全開にした。着替えている途中だったミーコが抗議する。

「ちょっと、ぜんぶ開けないでよ。セミが入ってくるじゃん。あと誰かがのぞくかもしれないし！」

開け放した瞬間から、確かにあちこちから、セミの声が聞こえてくる。ここが戦場なら、セミの声は飛び交う銃弾だ。ちなみに鳴いているのはアブラゼミだとわかった。青春映画が好きすぎて、セミの種類を調べたことがあった。姿形はもちろん、それぞれが特徴的な鳴き声をだすので、意外に簡単にどんなセミかわかる。

いおりちゃんは冷凍庫から氷嚢《ひょうのう》をとりだし、ハンカチを間にはさんで机に突っ伏していた。快適そうだった。

「おい、いおり。それあたしにも貸してくれ」

「ナツちゃん、そうやってすぐひとのもの取ろうとする。冷凍庫にもうひとつあるから、勝手に使っていいよ」

いおりちゃんはぼそっと答えて、そのまま快適さをひとり堪能《たんのう》する時間に戻っていく。

まずわたしが冷凍庫にとびつき、ナツがおいつき、ミーコがとびこんできた。

「わたしが一番近かったのに！」

「お前ら監督に少しはリスペクトを持て！」

「ヒロインをもっともてはやしなさいよ！」

結局、順番に10分ずつ使うことになった。わたしは最後だった。すがりつくように、窓際に席を移動させる。日陰から風がちょうど入ってきて、涼しかった。ちょっとした優越感だった。

夏の放課後をそうやってやり過ごしつつ、さっき撮ってきたプールのシーンをみんなで確認する。いなみ先輩がプールに飛び込むまでのカットと、飛び込んだあとのカット。プールサイドにあがるまでと、あがったあとのカット。どれも問題はなさそうだった。思わず感想がもれる。

「いい画だね、いままでのなかで一番好きかも」

「ああ、陽《ひなた》はこういうの好きそうだもんね。飛び込む身にもなってほしいけど」

ミーコはタオルで乾ききっていない髪を丹念に拭いている。毛先の匂《にお》いをかいで、うえ塩素臭《くさ》い、と小さく嘆《なげ》いた。その匂いがいいのに、と個人的には思う。

「いい画だけど、何か足りない気がするな」

　ナツがつぶやいた。その原因を探ろうとしているのか、いままで撮ってきたシーンをランダムに流し、視聴している。

「そりゃ素人《しろうと》の演技だもん」わたしが言い訳した。ナツは首を横に振る。

「プロにはもちろん及ばないけどさ、身内の目とか度外視にして、意外と演技も臭くない気がするんだよ。特に陽、意外とよくやってる」

「わ、わたし？」

「うまく集中に入ってるときと、がちがちに緊張してるときの差が激しいけどね。まあ、そのほかは同意」ミーコがそう言って続く。

　そうか、迷惑はかけていなかったのか。少し安心した。こういうときは、いおりちゃんとアイコンタクトを取って喜びを共有するのが常だが、彼女は氷嚢を枕にして眠っていた。4人のなかでもいおりちゃんは特にインドアだ。プールサイドに立っているだけでも体力を消耗《しょうもう》していたのだろう。そっとしておくことにした。

「というか、演技じゃなくて」

　ナツが続ける。

「別に理由があるんじゃないかってこと。カメラワークも注意してるし、あたし天才だからそのへんは心配ないし」

「天災がよく言うわ」

「顔にセミおしつけるぞ」

ミーコとナツが、いつものようにいがみあう。だけど夏の暑さが、彼女たちにファイティングポーズをすぐに解かせてしまう。何よりなことだ。

足りないもの、いったいなんだろう。天才かどうかはわからないけど、ナツは感覚的に物事をつかむことが多い気がする。なんか嫌だ、なんか気に食わない。その「なんか」の部分の追求よりも、「嫌だ」という感情を優先する。

考えているうち、ひとつ思いつき、提案してみることにした。

「映画を観てみようよ。ここには先人の智恵があふれてるんだから」

「……それもそうだな」

ナツが小さく笑って、同意した。わたしが棚《たな》からお気に入りのDVDをだす。振り返ると同時に、ナツとミーコも同じことをしていた。3人でにっこり、ほほ笑み合う。

そしてまた、映画選びの喧嘩《けんか》が始まる。

途中でいおりちゃんも起きて、四つどもえの争いになる。最終的にくじ引きで決めることになり、まずナツがずるをして失格になった。最終的にミーコが勝った。彼女が選んだのはイタリアが舞台の映画だった。冒頭5分、印象的な音楽と、あらわれた少年を観て、すぐに何の映画かわかった。

「『ニュー・シネマ・パラダイス』だ」

「ラストシーンの、トトが無言でスクリーンをながめる演技がすごいの。一言もセリフを口にしない。でも表情だけで、どういうことを思っているか、深いところまで手に取るようにわかる」

『ニュー・シネマ・パラダイス』。イタリア・フランス合作の名作映画。映画に魅了されたトトと、映像技師の老人、アルフレードの物語。この映画のテーマはたったひとつ、おしみのない「愛」だ。あらゆる物語のテーマは、結局この「愛」に落ちつくのではないだろうか。そんな風に思わせてくれる、強い映画。

「何かのインタビューで読んだ気がする。中年役のトトを演じたジャック・ペランが、あれ以上の演技はできないって言ってた」

いおりちゃんも好みの映画だったようで、話にのってくる。ぼーっと頬《ほお》づえをついているのはナツだけだった。退屈そうにしていたので、話題を振ってみる。

「何か見つかるかな、わたしたちの映画に欠けてるもの」

「いまのところ『字幕』くらいじゃないか？」

皮肉がこぼれるくらい、どうやら本当に退屈らしい。

だが30分が経って、そんなナツの態度がだんだんと変わっていく。派手なアクションもなく、純粋にトトの人生を追った物語。だけど一度トトやまわりの登場人物に共感してしまえば、もう目が離せなくなる。

トトが幼少期に住んでいた村はひどく閉鎖的で、外界から隔絶《かくぜつ》されているような場所だった。外からの文化が入ってこない村人たちは、広場にある、教会と兼用された小さな映画館に行き、アメリカ映画の豊かな映像表現や、ロマンチックなシーンに魅了される。厳粛《げんしゅく》な司祭に圧力をかけられ、映画のなかのキスシーンはことごとくカットされて上映されるが、それでもトトをはじめとした村人たちの映画熱は冷めない。

自由と拘束《こうそく》、意思や禁止、そういった言葉をわざとらしく、派手に使うナツにとって、この映画は響くものだったらしい。

ラストは中年になったトトが、かつての映画館にやってくる。映写技師で親友だった老人、アルフレードが彼のために遺《のこ》したフィルムを発見し、それをひとり視聴する。フィルムには、さまざまな映画のキスシーンがつぎはぎでおさめられていて、ミーコやいおりちゃんの言ったとおり、そのときのトトの表情に、胸がこみあげる。

　感動的な映画を観たあとは、どこか独特な、大人しくなる時間がある。いつもはナツが最初に騒ぎだすけど、今回はそれもなかった。たとえば冬の季節、あつい毛布にくるまって寝ていたところを急に起こされれば、体がびっくりしてしまう。そういう感覚に似ていて、映画から現実の世界に戻ってくるまでに、ゆっくりとした時間がほしくなるのだ。

「あのタイミングで、あの音楽は卑怯《ひきょう》だ」ナツが言った。

すぐれた映画には、すぐれた音楽がつきものだ。『ニュー・シネマ・パラダイス』も、その例にもれない。

　やがてナツが、思いついたように顔をあげた。その表情は、感動からすでに離れ、別の方向を向いている。

「そうだ、音楽だよ。足りないものがやっとわかった。わたしたちの映画にはサウンドトラックがない」

「ああ、確かに、撮ってきたのはシーンだけね」ミーコが同意する。

　音楽。

　ナツの言うとおり、それはこれまでの映画製作で、1度も触れてこなかった話題だった。ああいうシーンを撮ろう。そのためにはこうしよう。そういう話し合いはしていても、音楽に関する議論はしてこなかった。言い訳させてもらうなら、わたしは毎回、男装することに意識を奪われるのでそれどころではない。いまだに慣れない。

「『ターミネーター』、『ジョーズ』、『スター・ウォーズ』、『ハリー・ポッター』、『ミッションː インポッシブル』、『007』、『パイレーツ・オブ・カリビアン』、こういう映画にあるような、個性的な背景音楽があたしたちにはないんだ」

さすがナツ。あげる映画のほとんどがハリウッドのアクション系だった。

ミーコが続く。

「さすがにそこまでする必要はないけど、音楽はあってもいいかもしれない。静かな青春映画なんだから、ピアノの旋律くらいは」

「映画音楽の名手なら、ハンス・ジマー、ジェームズ・ニュートン・ハワード、ジョン・ウィリアムズ、あと日本人なら、坂本龍一《さかもとりゅういち》」

いおりちゃんが指を折りながら挙げていく。だからそこまでする必要はないって、と、ミーコが2人を落ちつかせる。

結局、ピアノで映画音楽をつくることになった。

「期限は夏休みの間まで。音楽づくりはスケジュールに組み込んでなかったから、短期間でがっつり仕上げちゃおう」ナツが言った。

「でもピアノはどうするの？」わたしが訊いた。

「誰かひとりくらい持ってるだろ。ほら、子どものころ親にやらされて、そのとき買ってもらったキーボードが家にある、とか」

　ナツの問いに、誰も手をあげなかった。とことんわたしたちは、女子には向いていないらしい。４人で一斉に察して、携帯で検索をかける。

「５千円から２万円くらいだね」

　少し前まで、30万円の撮影カメラを本気で買おうとしていたことを思えば、割と安く感じてしまう。みんなも同じだったようで、そこからの決断は早かった。

「注文したぞ。来週中には届くだろ」

　ナツがネットであっさりと購入する。

「届いたら、みんなウチに集合な。コードでつないで、パソコンに取り込めばそれで収録できる。それまでに、なんか、こう、各々《おのおの》ピアノの練習をしておけ」

「なにそれアバウト」

　ミーコが抗議する。

「あと思ったんだけど、音楽室のピアノを借りればよかったんじゃない？　事情を話せば、それくらいできたでしょ」

「先に言えよ！　調子に乗って買っちゃったじゃんか！」

「いいじゃない、子どものころ親に押しつけられたキーボードってことにしておけば」

「なぐさめになってない！」

　結局、わたしといおりちゃんがナツをなだめた。自分の部屋で収録したほうが集中できるよ。学校だといつ誰が来て中断するかわからないし。思いつく限りを告げて、背中をさすった。

　ナツが機嫌を取り戻すと同時、最終下校のチャイムが鳴った。全員で天井を眺め、静かにその音を拾い、体のなかに落としていく。いつものチャイムとは、少し違った意味合いを持っていた。

　今日は夏休み前の、最後の登校日だった。

　長い休みに開放された気分を味わう、というよりは、すでに頭が終わったあとのことを考えている。次に学校が始まるころには、みんな進路が決まっていて、受験勉強も進んでいることだろう。3年生の教室も、雰囲気《ふんいき》が変わっているかもしれない。そういうギャップに、自分がついていけるか、不安になる。

「撮影スケジュール、しっかり切ってるからな。夏しか撮れないシーンは片っ端から撮っていくぞ」ナツが言った。

樹やいなみ先輩とともに、わたしたちの夏も過ぎていく。

2

そうめんを食べ終えて、七分目のお腹にスイカを追加する。庭では風鈴が鳴っているが、今日は風が強くやたらうるさいので、母が早々に外してしまった。父にこの時間だけは譲《ゆず》れないと占領されたテレビでは、甲子園が流れている。スタンドの応援席と、マウンド、バッターをカメラがいったりきたりして、画面が切り換わるたびに、何カット目と数える変な癖《くせ》がでていた。

画面がニュースに切り替わり、各地の天気と映像を流していく。子どもがどこかの公園の噴水で、水浴びをしている映像。溶けたアイスクリームを見て笑い合っているカップル。地面からわきでる熱、かげろうを見て、うへぇ、と声がもれる。ふと、携帯を見るとメッセージが1件入っていた。ナツからだった。

『キーボード届いた。今日中にサントラ完成させるから、家に来るべし』

覚悟を決めて、日焼け止めを塗り、ついこの前衝動買いした麦藁《むぎわら》帽子をかぶって、外にでる。本格的に夏だった。風が吹くが、それもまた暑い。数か月後には長袖《ながそで》を着ているだろう自分が信じられない。この暑さが一生終わらないのではないかとすら思えてくる。

住宅街の道も、ほとんど真ん中を歩くひとはいない。民家でつくられた影をたどって進んでいく。途中でコンビニがあり、休憩したい誘惑にかられたが、まっすぐナツの家を目指した。

電車で2駅ほど進み、さらに大きな公園を横目に歩く。ぼんぼりが飾りつけられていて、もうすぐ祭りなのだろうと察する。

近くの雑居ビルから、クラスメイトの男子がでてくるのが見えた。顔は知っているだけで、話したことはない。向こうはわたしに気づくことなく通り過ぎていく。男子がでてきたビルを見上げると、窓ガラスに予備校の名前が貼られていた。受験勉強も、本格的に始まっている。教室にいればみんながどれくらいの割合や、どれくらいのペースで進めているか、会話を盗み聞きしてなんとなく把握《はあく》できるが、夏休みはそうした情報が一切遮断されてしまい、不安になる。いおりちゃんやミーコ、ナツはどうだろうか。そういう話、あまりしない。

ナツの家についてインターホンを押す。でてきたのは母親だった。何度かお邪魔したこともあり、顔も覚えてもらっているので、適当に挨拶《あいさつ》をすませる。階段をのぼるわたしを、困ったように笑い見送る母親の姿を見て、なんとなく、部屋で何が起こっているのかを理解した。ドアを開けると、案《あん》の定《じょう》だった。

「だーかーら！　ここはポロロロン、じゃなくて、ポロロ、ポロロ、ポロロンで進めたほうがシーンにも合うでしょうが！」

「バリエーションは必要だろ！　毎回同じ音楽で、あとで観たとき自分にサボったって思われたくない！」

ミーコとナツが、ポロポロ言いながら、キーボードの前を奪い合っていた。いおりちゃんのほうは、お盆にだされたお菓子のカントリーマアムをひとりで3つほど食べていた。長いこと、このケンカが続いていることを示している。

「おい、陽もちゃんと練習してきたんだろうな！　いいメロディーは持ってきたか？　中途半端なポロリじゃ許さないぞ」

「落ちついてよナツ。ポロリとか言っちゃってるよ」

なだめつつ、練習してきていないことをなんとかごまかそうと思った。小学生のころ、音楽が好きな友達がいて、よく一緒に体育館の隅に置かれたピアノを勝手にいじっていた。わたしは身長も低く、その分ほかのひとより手も小さかったので、鍵盤《けんばん》に指が届かず、そうそうに断念した記憶がある。弾き方などもう覚えていない。

だけど映画音楽の発想は必ずしも技術じゃないはずだ。わたしたちにできるとすれば、そういう突破口の見つけ方になる。

さりげなくキーボードから遠ざかりつつ、わたしが意見をぶつける。

「印象的な音楽が必ずしもバリエーションや種類に富《と》んでいるとは言い切れないんじゃないかな？　『ジョーズ』なんて、たったの2音だよ。デーデン、って。あれすごくない？」

「いまじゃ、聴くだけで誰でもあの映画だってわかるもんな」ナツがうなずいた。

「『ターミネーター』もシンプルだよね。あの重厚な金属音が上手《うま》い」

いおりちゃんが言って、続ける。

「最近感動したのは、『インターステラー』の音楽だなぁ。思わずサントラ買ったよ」

教会にあるパイプオルガンを多用した映画音楽だった。わたしも覚えている。ハンス・ジマーの音楽は本当にすごい。音楽は映画に寄り添い、強調し、ともに流れていくものだけど、ときにあまりに強く印象に残り、映像がかすむ瞬間さえある。

映画はもちろんフィクションで、物語の世界だ。だけどベースとなる世界観はきちんと現実に即していて、だからこそ共感できるものが多い。そんな映画のなかの世界（現実）で、当たり前のようにサウンドトラックが流れても、誰も違和感を抱かない。わたしたちが生きている世界では、背景に音楽なんて流れたりしないのに、そのギャップで拒否反応が起きることもない。何気なく観ていたことだけど、実はすごいことなんじゃないかと思えてくる。

「ひとまず、今日中は達成できそうだな」

3時間ほどねばり、基本のベースラインが決まった。ポンポンポン、と3音だけの音。これに音階を変えるなど、バリエーションを増やしていく。あとはナツのアイデアで、いくつかのクラシック曲から、一部を拝借してつなぎ合わせるという遊びもとりいれた。基本、誰もピアノを弾けなかったので、動画サイトに乗っている演奏動画を何度も観て、再現していった。

夜、解散する前にみんなで1度、録音したピアノを聴いた。どこかたどたどしく、リズムも必死に保とうとしているのがわかる。素人《しろうと》っぽさはぬぐえないけど、不思議と最後まで聴けた。

「樹といなみの恋愛関係は、まだお互いに探り探りで、だからおぼつかない。背景の音楽もそれと同調している感じがして、好きだな」いおりちゃんが言った。なるほど、とミーコとわたしが同時につぶやく。

「それならラストシーン近くの、むすばれた2人の背景で流す音楽は、しっかりしたもののほうがいいだろ。いまからそのクライマックス版、撮るぞ」ナツが言った。

「え、いまから？　もう時間も遅いよ」わたしが言った。

「泊まればいいじゃん」

泊まり。

友達と、お泊まり会。

実はわたしには、人生で1度もない経験だった。3年置きに消費期限を迎え、常にいれかわってきた友情。交友関係。そこまで深く、ひとを泊めるほどの信頼を築けた友達などいなかった。できなかった。いおりちゃんやミーコ、ナツたちともこれが初めてだ。ミーコがよくナツの家に泊まったという話は聞くけど、4人そろうのは、これが初めてじゃないだろうか。

ナツが下に降りて、両親に許可をとって戻ってきた。いよいよそういう流れになりそうだった。

「き、着替え持ってくるね。1回解散して、またあつまろ」

「早くしろよな」

興奮していると決してばれないよう、必死にとりつくろって、いかにも普通な風に、なんでもないというように、受け応えをする。大丈夫だろうが、声はうわついてないだろうか。呼吸は乱れてないだろうか。顔はおかしくないだろうか。うれしい！　早くお泊まり会したい！

ミーコは前に泊まったときの服が一式残っているというので、そのまま待機することになった。わたしといおりちゃんが、1度ナツの家をでる。

駅に向かっていると、隣でいおりちゃんがそっと耳打ちをしてきた。

「楽しみだね、お泊まり」

ばっちりバレていた。

楽曲収録（という名のお泊まり会）から3日が経ち、今度は夏祭りのために集まることになった。遊び目的が半分と、もう半分は、もちろん撮影である。樹といなみも祭りに行くのだ。夏休み前、一瞬、海に行く案ももちあがったが、2人の性格上、海には行かないという結論になった。

さて、お泊まり会は最高だった。語りつくせないが、特に部屋にみんなで雑魚寝《ざこね》をし（ミーコは部屋の持ち主であるナツをさしおき、ベッドで寝た）、あまり寝付けずに夜が明け、家に帰る途中に感じたあの眠気が、たまらなく幸せだった。思い返すたびに、ふふふ、と気味の悪い笑みがこぼれる。

そんな興奮も冷めないうちに、今度は夏祭りである。ペースが早い。難病もののヒロインにでもなっている気分だった。電信柱にとまる短命のセミを見て、「儚《はかな》いね……」とかつぶやいちゃうのだ。

祭りはナツの家の近く、この前ぼんぼりを用意していたあの公園と、周囲の神社、商店街の3か所。最寄《もよ》り駅の改札前で待ち合わせるが、夕方を過ぎるころにはひとでごった返し始める。虫よけスプレーと日焼け止めの匂《にお》い、それから誰かが扇《あお》ぐうちわの風が頰《ほお》にあたる。比較的ひとの少ないところによけていくと、そこでミーコが待っていた。彼女の姿を見て、わあ、と声がでる。

「きれいな浴衣《ゆかた》だね」

「撮影で必要だからっていうから、仕方なくよ。本当なら半袖《はんそで》短パンで行きたいくらい」

「髪も結んでて、かわいい。いなみ先輩っぽい」

「そういうあんたは、ウィッグはどうしたのよ」

「撮影直前までは勘弁して……」

持ってきたリュックのなかは、そのウィッグのみが入っている。わたしだって浴衣を着てみたかったが、樹くんは残念ながらその趣味がない。今日もラフなポロシャツと、長ズボンだ。足の細さが違和感になるから、と半ズボンすら許してもらえなかった。

わたしたちにそれぞれ服装の指示を与えた張本人《ちょうほんにん》が、やがて通りのほうからやってきた。

彼女の髪を見て、ミーコと同時に、「ええ！」と声をあげた。

「よっす」

青かった。

髪が青かった。

ミーコの浴衣がかすんでしまった。

「ブルーハワイのかき氷でもかぶってきたの？」ミーコが訊いた。本当にそんな感じの色だった。

「うるさいな。高校生活最後の夏なんだから、これくらいはっちゃけさせろ。どうせ夏休み後は学校が髪の色にうるさくなるんだから」

いつもは茶髪や金髪など、校則違反ぎりぎりの髪の色をいったりきたりさせて染髪しているナツだったが、今回は完全に振り切っていた。道行く数人がナツに気づき、さりげなく距離を開けていく。半径1メートルくらいの見えないバリアが張られたみたいだ。

ナツは腕を組み、溜息をついて説明してくる。

「それと、ミーコへのナンパ対策だ。去年はうるさかったからな。こういうのがひとりでもいれば、寄ってこないだろ。撮影の邪魔も少しは解消される」

「あらあら、あたしがきれいでごめんなさい」

「突っ立って全身から光を発しているだけで、虫が寄ってきてくれるんだもんな」

「誰が誘蛾灯《ゆうがとう》だ。蝶を引き寄せる可憐《かれん》な花と呼びなさい」

「すぐ枯れそうだな」

浴衣のミーコと青ナツが取っ組みあっていると、改札のほうから、聞き覚えのある声がした。振り向いて、やってきたいおりちゃんを見て、全員が言葉を失った。

「おまたせ。ごめんね。忘れものないか手間取っちゃって」

「わ、忘れものというか。足りないというか」

つぶやくわたしの視線は、いおりちゃんの髪にそそがれる。

ばっさりと切られていた。背中のあたりまで伸ばしっぱなしになっていて、梅雨《つゆ》のときは膨《ふく》らんでカーテンにすら見えたあの髪が、きれいさっぱりなくなっていた。肩までかかる程度の長さで、それからふわりと巻いたボブになっている。

「わあっ、ナツちゃん、髪がすごいことになってるね」

「いや、お前には負けるよ……。この敗北感はいったいなんだと戸惑っているよ」

ギャップの違いだ。ナツが髪を派手にそめる意外性といおりちゃんがずっと切っていなかった髪をばっさり切る意外性では、衝撃が違う。

「あら、けっこういいじゃない」ミーコが言った。

「ミーコちゃんが教えてもらったところに行ってみたの。ル・シューって美容院」

「あそこいいでしょ。店員さんが余計な会話をしてこないから」

どうやらミーコは、事前に髪を切ってくることを知っていたようだった。いおりちゃんが相談し、それに乗っていたのだと悟った。

変わっていないのは、もしかして、わたしだけ？　この置いていかれるような不安はなんだろうか。お泊まり会で近づけたと思った距離が、急に離れたように感じたのは、気のせいか。そんなのさびしい。どうしよう、どうしよう、どうしよう。

「わ、わたしもいまここで、ウィッグとかかぶっちゃおうかな」

「陽。いいから無理すんな。そしてたぶん、お前が思うような他意はそれほどないから、安心しろ。ほらいくぞ」

ぜんぶ見透かされて、がくりと落ちこんだ。新生ボブカットのいおりちゃんに手をひかれながら、祭りの公園を目指す。

複数ある入口のひとつからなかにはいる。普段は木々が鮮やかな、緑道も、いまではひとと露店でごったがえしていた。そして列にそって歩き進めるうち、すぐに気づいた。

「これは撮影は無理だ！　２人のシーンは、近くの河原で撮ろう。食べ物を買い集めて、そこで食事をとることにする」

ナツがリュックからカメラを取りだし、撮影スイッチを押す。なんとか風景だけでも撮ろうとしているらしい。だけど彼女の言うとおり、このひとごみのなかで演技まではできない。そんな撮影スペースが存在しない。あげていたナツの腕も限界に近づいたのか、1分もしないうちにおろしてしまった。

ナツの指示通り、1度別れ、それぞれ夏祭り風の食べ物を調達に回る。公園を抜けた先に河原があるというので、そこに集合になった。わたしはたこ焼きをひとつ調達し、そのままトイレに行って、ウィッグをかぶり、樹になって河原に向かった。

河原の土手にたどりつき、いくつかある電灯のひとつの真下に、ミーコが座って待っていた。撮影しやすいよう、明るい場所を選んだのだろう。

それからすぐ、いおりちゃんとナツがやってくる。ナツは両手にあまるほどの食べ物を買いこんでいた。さすが監督だ。

「よし、さっそく撮影始めるぞ」

今回は三脚は用意せず、ナツの手持ちで、まずは土手に座るわたしたちを真横から撮っていくことになった。

2人で夏祭りに遊びにきた樹といなみ先輩。樹は夏の暑さに浮かされて、横に並ぶいなみ先輩にみとれ、思わずその手の甲に触れてしまう。勇気を振り絞り、さらにそっと手を握ろうとするが、ふと、いなみの表情に気づき、樹は手を止めてしまう。いなみは涙を流していた。

いなみはそのまま立ち上がり、「体調が悪い」と去ってしまう。完全に嫌われたと落ち込む樹だが、いなみの涙の真意は別にあった。彼を近くに感じ、そばにいたいと思うほど、卒業がせまり、別れがつらくなる。大学という、将来にも密接に関係する大事な場所に、一緒についてきてくれだなんて、そんなことは頼めない。そういうことを、ぜんぶ見越したうえで、流れた涙だった。いまの樹はそれに気づけない。

「それじゃ、カット109から117まで。いちいち切らずに、長回しで撮っちゃうからな。無用な部分のカットは撮影後にやってく」

ナツの合図で、撮影が始まる。いくつかの会話を交わし、盛りあがる樹といなみ。そして話題も切れて、静かになる。わたしがそっと、ミーコ（いなみ先輩）の顔をのぞく。ミーコは気づいていない演技。

ナツが前にまわったり、ミーコのほうからわたしのほうを撮ったりと、なるべく足音をださずに移動を頑張っている。移動中部分はカットされるので、映像には残らない。残らないけど、ナツのすり足移動のしぐさが面白くて、思わず噴き出しそうになるのを必死にこらえる。ミーコも笑いそうなのか、小さく肩が揺れていた。

ナツが、わたしとミーコの手元にカメラを寄せたのがわかった。意図に気づき、緊張を自分に強《し》いる。

恋人ができたことはない。だけどまさに初めて、そんなひとができる瞬間のように、それを期待するみたいに、そっとミーコの手の甲に指を置いた。黙って2本、3本と指を足していく。行けそうだ、と安堵《あんど》の表情。手を握る直前に、彼女の顔を見る。

「……あ」

泣いていた。

こちらを見ることはせず、いなみ先輩は、静かに泣いていた。河原の向こう岸を眺めたまま、その頬に、涙がつたっていく。心臓をぎゅうとつかまれて、ショックで体がしびれる。あわてて、殻《から》にこもるように自分の手をひっこめる。

「よし、カット！」

それで我に返った。ああ、違う、自分は樹ではない。陽であり、目の前の彼女もいなみ先輩ではない。ミーコだった。そういう確認をしなければならないほど、ミーコの演技が、深かった。わたしが思わず声をもらしたのも、本当は台本にはなかったものだった。

「オーケー」

ナツが満足そうにうなずいて、カメラを下ろす。今日の撮影はこれでおしまいだった。

それからみんなで、用意した食べ物をわけあう。わたしは夢から覚めたみたいに、まだ、ボーっとしていた。

いおりちゃんとナツが会話に盛り上がっているところで、そっと、横のミーコに訊いてみることにした。

「どうやって、あんなすぐに泣けたの?」

「簡単よ」

ミーコはすぐに答えた。

「誰にでも、泣きたいくらい悔《くや》しいことや悲しいことのひとつはあるでしょ。ただ、それを思い出しただけ。あたしはいつでも、それができるようにしている」

泣きたいくらい、悔しいこと。悲しいこと。

ミーコは自分の過去さえも、利用する。

割りきっているように見えて、本当は、違うような気がした。逆にいえばその傷が、いまでも心に深く、残っている証拠ではないだろうか。

ミーコが涙を流すほどの過去。

わたしはそれを、教えてもらったことがあるかもしれない。

そう、撮影を始めてすぐのころ。彼女が話してくれた過去があった。もしかしたら、あれが。

「よし。次はいなみの家を探さないとな」

ナツの言葉で、また我に返る。もしあのまま思考を続けていたら、トランスレーションしていたかもしれなかった。そう考えて、ほっとした。

「家って?」わたしが訊いた。

「樹がいなみに謝りに、彼女の家に直接いくシーン。そこで使う家を探す」

「わたしたちの家のどれかじゃだめなの?」

「イメージと合わないんだよ。いおりともいま話してたけど、なんとなく、和風な家でさ、ふすまとか畳《たたみ》の部屋とかあって、縁側と、あと庭があるような」

「それ、誰が交渉するのよ」ミーコが言った。

「あたしといおりでロケハンするから、それまで出演陣は休んでろ」

ナツが答えるのと同時、いおりちゃんも小さく笑い、まかせて、と手をあげてアピールする。髪を切ったおかげか、前よりもよく、彼女の表情を見ることができた。

髪型だけじゃない。やっぱりみんな、少しずつ変わっている気がした。それは3年生になったからか、もしくは受験生として自覚し始めたからか、それとも、映画をつくり始めたからか。

夏が過ぎていく。

1週間後、わたしが予備校には通わず自力で勉強することを決意した日、ナツから電話があった。興奮しているのか、息の荒い声だった。

「見つけたぞ！　最高の家があった」

3

校門前で待っていると、ミーコといおりちゃんが学校からでてきた。今日の2人は制服姿である。見ていると、2人のほかにも何人か、校門からでていく生徒がいた。夏休み中にもかかわらず学校に通っている彼ら彼女らは、成績が悪く補習のために集められた、のではなく、むしろその逆である。大学受験を推薦《すいせん》入試で狙っていて、高校でしっかりと成績をとってきたものだけが受けられる、小論文の講習だった。つまりミーコといおりちゃんは推薦狙いである。うらやましいかぎり。

一般入試の平民が2人の間にはさまれ、さびしく待っていると、同志のナツがやってきた。今日のナツは髪がオレンジ色になっていた。あれと成績が同じかと思うと、微妙な悔しさがあった。

「おまたせ。ちゃんとそろってるな」ナツが言った。

それからミーコが一番に、彼女の髪に反応する。

「あんたのそれはなに？　この前の青色といい、果実か何かなの？　熟れてるの？」

「うるさいな、個人の自由だろ」

「集団への迷惑よ」

出会いがしらにやり合う、いつもの時間。2人が取っ組みあうと、その肌の色の違いがわかりやすくあらわれる。ミーコは常に手入れをしているのか、春から時間が止まっているみたいに、真っ白なままだ。反対のナツは、彼女の名前に恥じない夏らしさがある。

「ちゃんと持ってきたか、浴衣《ゆかた》」

「小論文の補講の日にわざわざ持ってこさせるなんて」

愚痴《ぐち》をいいながら、ミーコは持っている紙袋のなかを見せてくる。しっかり、夏祭りのときに着ていた浴衣と同じものだ。

駅のほうへと移動する。徒歩15分ほどで、いつも使う電車の改札につく。1駅、2駅と過ぎていく。3駅め、4駅め、と進んでいくたび、いったいナツといおりちゃんはどこまでロケハンして探していたのか、と驚いた。

5駅めでやっと降りて、短い商店街を抜けると、完全に住宅街になった。立派な一軒家や道路沿いに緑ゆたかな並木が続いていて、場違いなところにきてしまった感覚を得る。

「高級住宅街じゃない」ミーコがうめいた。

「こういうところにしかなかったんだよ、イメージ通りの家」ナツが言った。

「日本家屋だっけ、確か」

わたしが言う。

「もしかして、カタギじゃないひとの家とか……」

「この前のロケハンで、家主のひとが入っていくのを見たけど、普通の家庭みたいだったよ。大丈夫」いおりちゃんが答えた。

そして問題の家につく。庭は木々に覆《おお》われていて、かすかに空いた隙間《すきま》から、縁側と小さな池、芝生《しばふ》に設置された物干し竿《ざお》が見えた。服が干されているのが見えたので、背徳感を抱き、あわてて目をそらした。

表札には『藤堂《とうどう》』とあった。ポストの投函口《とうかんぐち》には、セールスお断りのシールが3枚貼られている。2枚は風化し、ほとんど見えない。

「藤、堂？」

ミーコが首をかしげて、つぶやく。視線は家にそそがれている。どこかで聞いたことがあるのだろうか、あやしげに眉《まゆ》をひそめていた。その様子に、わたしだけが気づいたようだった。いおりちゃんとナツは、インターホンをじっと見つめている。

「それじゃあ、取材交渉いくぞ」

「え、ちょっと待って。許可得てなかったの？　そういうのって、ロケハンのときにふつうしておくものじゃ……」

わたしが言い終えないうちに、ナツがとっととインターホンを押してしまった。このごまかし方は、どうやら本当に、ぶっつけらしい。それがわかっていて、どうしてオレンジで来てしまったのか。

「はぁい」

と、玄関の昔ながらの引き戸が開く。返事が若い声だった。かっぽう着をきたような、和風な30代の女性を想像したが、あらわれたのはラフな半袖《はんそで》の女子だった。寝起きだったのか、髪があちこちに跳ねている。

年齢も、顔つきも、わたしたちと同じくらい。サイズの合わない下駄《げた》をはき、郵便がきたと思ったのか、片手に印鑑を持っていた。

話しやすい相手と見たのか、ナツが親しげな調子で先陣を切る。

「とつぜんごめんね。あたしたち、西墨《にしずみ》高校の生徒なんだけどさ」

「西墨って、あの進学校？　お嬢様の？」

　藤堂さんが怪しげにナツを見た。確かにいまの格好では、お嬢様学校の所属には思われないだろう。ナツも気づき、すぐさま話題を変える。

「実は同好会で映画を撮っててさ。きれいな日本家屋を探してたんだよ。もしよかったら、ほんの5分だけでいいから、撮影させてもらえないかなって。あ、こっちがメンバーね」

　ナツがわきにどいたことで、わたしたちと藤堂さんが向かいあう。彼女が順番に視線をめぐらせて、そしてある場所で口を開けて、そのまま止まってしまった。視線の先にはミーコがいた。ミーコもまた、茫然《ぼうぜん》と藤堂さんを見ていた。

「彩加《あやか》」

　ミーコが名前を口にした。藤堂さんの名前だとわかった。その声はいままで聞いたことがないほど、低く、そして弱く、重く、どこか震えたような調子だった。

「美由《みゆ》……」

　と、藤堂さんもミーコを名前で呼んだ。藤堂さんが一歩踏みだそうとして、下駄が鳴った、その瞬間だった。

　ミーコが持っていた紙袋を放り、走りだしてしまった。来た道を、そのまま引き返してしまう。「待って!」と、藤堂さんが叫ぶが、ミーコが振り向くことはなく、どんどん姿が小さくなっていく。夏のかげろうの、その奥に消えていこうとする。

「え、ちょ、おいおいっ」

ナツがあわてて後を追い、走りだす。あっけにとられていたわたしといおりちゃんも、遅れて続く。いおりちゃんは去り際も、律儀《りちぎ》に藤堂さんにお辞儀《じぎ》を返した。

懸命に追いかけて、住宅街を抜ける。駅の手前の商店街、交番近くで、ようやく、ナツがミーコの肩をつかんだ。つかまれたミーコはすばやく振り向き、その力を利用して、ナツを閉じた店のシャッターに叩きつけた。がしゃん、と派手な音が鳴る。

「知っててやったの!」ミーコが叫んだ。

「な、なんのことだよっ」

胸倉をつかまれ、詰め寄られているナツは苦しそうに答える。ミーコはまだ力をゆるめない。ナツがほどこうとしても、それ以上の力でおさえつけていた。普段の彼女からは、想像もできない怖さだった。

「わざとあそこにつれていったんでしょ!　あたしに嫌がらせしたかったんだ!　偶然なわけない!」

「本当に知らないって!　お前、あいつと知り合いだったのか?　何かあったのか」

なんとかしないといけない。そう思って、ミーコ、と、彼女を呼んだ。緊張していたのか、かすれて、自分の思ったように声がでなかった。ミーコの視線がわたしに向いて、それでさらに、体が固まった。

ナツをほどき、今度はわたしのほうに向かってくる。ああ、殴《なぐ》られる。叩きつけられる。そう考えて、どうにも動けなくなる。

だけどミーコは襲ってこなかった。直前でナツが彼女を捕まえていた。それでもミーコは、わたしから目を離さない。呪うように口を開く。

「あんたがばらしたんだ。絶対そうだ。あんたにしか話してないもん。裏切り者め」

「落ちつけミーコ。お前、本当にどうしたんだ」

ナツが押さえながら、言う。

「陽だってここにきたのは初めてだ。ロケハンでたまたまあの家をあたしといおりが見つけた。それだけ。知り合いか何か知らないが、仕組んだことじゃない」

すぐそばの交番から、警官がひとり、顔をのぞかせてこちらを見ていた。受験生の夏に補導なんてされたら、どんなことになるのだろうか。不安になった。

想像していた最悪な場面には向かわず、ミーコは正気に戻った。後悔《こうかい》したような、青ざめた彼女の表情を、もろに前から見てしまった。やがて恥じるようにうつむいて、「今日は帰る」と言い残し、去っていってしまった。

誰も、ミーコを追いかけられなかった。


「さ、話してもらおうか」

あのあと、駅前のマクドナルドに移動した。わたしはナツといおりちゃん、それからハンバーガーとポテトの山に囲まれ、逃げられないでいた。コーラをひとくち飲もうとするが、それもナツに取りあげられてしまった。

「あいつがお前にしか話してないことがあって、それが今回のアクシデントと関係してるんだ。いいから話せ」

あんたにしか話してないもん。ミーコの言葉が、頭に響く。

思い当たることなら、確かにあった。映画製作を始めてすぐ、ミーコから聞かされた話。声優を目指すきっかけになった、小学校のころのいじめの話。あれがたぶん、今回と関係している。藤堂彩加というあの女子は、たぶん、いじめに関わっていたひとりだろう。

「でも、ミーコは友達だし。そう簡単に話せない。裏切れないよ」

「あたしも友達だろ?」

にやりと、ナツが言って笑った。映画の引用だとすぐに気づいた。マーベルというアメリカのコミックからでている、ヒーロー『キャプテン・アメリカ』シリーズの『シビル・ウォー』という映画で、友人であったアイアンマンと衝突したとき、字幕で流れた言葉だ。ナツがアメコミにはまったとき、何度も予告編を観ていたのを覚えている。ナツの、わたしから事情を聞きだそうとするその意思は、キャプテン・アメリカの盾よりも固そうだった。

観念して、心のなかでミーコに謝りながら、話すことにした。聞かせてくれた話を、かいつまみながら、明かしていった。

すべてを話し終えると同時、いおりちゃんが立ちあがった。

「どしたの？　トイレ？」

「ちょっと藤堂さんをぶん殴《なぐ》りにいってくる」

「いおりちゃん⁉」

普段の彼女からは、想像もできない発言と行動だった。放っておけば、本当に店からでてあの家を目指すだろうと思った。

「落ちつけ、いおり」

ナツがため息をついて、止める。

「お前が行ったってどうにもならないだろ。昔のいじめの話だぞ」

「でも私、許せない。ミーコちゃんが、そんな目にあってたなんて」

「ここで藤堂さんを殴ったら、さらにこじれるぞ。撮影だってあるんだから」

いおりちゃんがとうとう折れて、席につく。しかしもどかしさは解消されないようで、ポテトの山を乱暴に漁《あさ》り、次々と口に放りこんでいった。髪も切った勢いもさることながら、最近のいおりちゃんは豪快だ。

「ロケ地も、変えないといけないかな。家だけはいいところだったけど」

いおりちゃんがつぶやく。と同時、見計らったように、わたしの携帯が震動した。確認すると、ミーコからのメールだった。

『いなみの家の撮影場所を変えるように、ナツに言って』

本当に、会話をどこかで聞いていたかのように、ぴったりと同じ話題のメールだった。ナツといおりちゃんにもメールを見せる。

「あいつ、なんであたしのところに直接言ってこないんだ」

「さあ。言いづらいとかかな？」わたしが答えた。

ナツが自分の携帯をだして、耳にあてる。ミーコに電話をかけたのだとわかった。だが、いつまでたっても会話が始まらず、ナツは携帯をおろしてしまう。

「陽のちょっと貸して」

言って、今度はわたしの携帯からミーコに電話をかけた。すると、すぐにつながり、会話が始まった。ナツはスピーカーにして、わたしといおりにも会話を聞けるようにした。

「あたしの電話は取らずに陽の電話はでるって、どういうことだあ！」

『こうやっていきなり怒鳴りつけてくるからよ！』

「お前が素直にでればいいんだ！」

『次もし怒鳴ったら切るからね。始終言い争うほどこっちも暇じゃないの』

ナツはミーコの言うことに従うように、深呼吸をした。

そしてしきりなおす。

「事情はだいたい聞いたぞ。お前と藤堂さんに何があったのかも。でも、撮影場所は変えない。あの家で撮るからな」

え、と、いおりちゃんとわたし、同時に声をあげた。電話の向こうのミーコは黙っている。ナツは説明を続けた。

「1週間もかけて、ようやく理想の家を見つけたんだ。妥協《だきょう》する気はない。あそこが、いなみ先輩の家だ。あの縁側で、樹とのシーンを撮る」

『変えてくれないと、でてあげないから』

「お前なぁ……」

怒鳴るかな、と思っていたが、すんでのところでこらえたようだった。

「過去のことだろ。そりゃ昔はつらかったかもしんないけど、いまお前、充実してるじゃん。男も手玉に取れるようなあざといお嬢様じゃん」

『そうよ。叶えたいことはだいたい叶えてきた。だから撮影場所を変えて』

「いいかげんにしろ、このやろ！　ちょっと下手にでたらいい気になりやがって！　次会ったら覚悟しろ！　くすぐり倒して、悲鳴をあげさせて泣かせて、どんなに謝っても許してやらな……」

ぶつ、と途中で音がした。電話が切れた。ナツが怒鳴ったからだった。

んもおおお、と、地団太《じだんだ》を踏み、それでもナツの怒りは解消されないようで、最後にはハンバーガーに思いっきりがっついた。いおりちゃんと、まんまそっくりだった。

「それで、どうするの？」おそるおそるわたしが訊いた。

ハンバーガーをもう一口、それからコーラで流しこみ、ごくりと大きい音を鳴らして、ナツが答える。

「どうするもなにも、撮影場所は変えない！　絶対にだ！」

4

赤本や参考書にはさまる付箋《ふせん》が増えてきた、夏休みも終盤の8月下旬。

来週からは始業式が始まり、いよいよ冬休みまでノンストップの学校生活になる。冬の自分は何をしているだろうか。数か月先まで予測して動くという経験があまりないわたしは、いまの自分のペースが順調なのかどうかもわからない。そういう小さなストレスがたまり、最後には爆発し、机で向かい合っている赤本を破り捨ててしまう日がくるのではないかと、嫌な想像をする。想像していたら、いつの間にか時間が過ぎて、無駄な集中力の使い方をまたしてしまう。

ペースといえば、撮影のスケジュールは遅れていた。夏にとるべきほかのカットはすべて終えているが、ひとつだけ、終えていないシーンがある。いなみ先輩の家に、樹が謝罪にやってくるシーン。あの日本家屋をロケ地にしたシーン。

先週、勉強の息抜きにナツとプールにいった。わたしの胸がまた大きくなったと憤慨《ふんがい》し、いじめてきながら、ナツと問題のシーンについて話した。

「ねえナツ、あの部分をまるまるカットはできないの？」

「手をつなごうとして、泣かれた樹は急いでいなみ先輩の家まで謝罪にいく。樹はこれまで何度かいなみ先輩の家に誘われていたけど、緊張して遠慮《えんりょ》していた。そういう男子が、彼女との関係を保ちたい、傷つけたくない一心で、遠慮をふりはらって訪れるシーンなんだ。カットはできない。樹が遠慮しないんだ。だから監督のあたしも遠慮しない」

「できれば胸を揉《も》むのも遠慮してもらえるとうれしい……」

泳げないわたしは浮き輪につかまり、流れるプールでただようことしかできない。ナツは自由自在に移動して、隙《すき》を見つけてはわたしの体を触ってこようとする。そうやってはしゃぎ、気を取られているうち、映画の話題も塩素水に流されていった。

プールからでたあとで、図書館でいおりちゃんと合流した。焼けると皮がぼろぼろ剝《は》がれると嘆《なげ》くいおりちゃんは、日差しをよけられないプールには不参加だった。

「水面を光が反射するでしょ？　あれで二重に日焼けしやすくなる気がするの」いおりちゃんが言った。

「せっかく髪切ってイメチェンしたんだから、肌も黒く焼いたらいいのに」

「真っ赤になるの。黒くならないの。わかります？」

ぐいと迫るいおりちゃんに圧されて、ナツが苦笑いで謝った。午後はいおりちゃんが最近ハマっているという、服のショッピングに付き合うことになっていた。電車で移動し、ショッピングモールが近づくと、いおりちゃんが早足になる。ロングスカートが風に舞い、たまにのぞく白い足首に見とれる。サンダルをはいたその足も、良い意味で、夏によく浮く白さだった。

「あれれ、女子に恋する役にはまりすぎて、本当にその気になったのか？」

エスカレーターに乗っている途中、後ろからナツがささやいてきて、とたんに顔が熱くなった。足首や肌の露出している部分ばかりを見ていたことが、ばれたらしい。あわててナツの口をふさごうと、もみあう。前に乗っているいおりちゃんに、危ないよと注意される。

「でもいおりちゃん。本当になんだかきれいになった気がする。髪を切ってイメージが変わったのもそうだけど、姿勢がしゃんとしてる、みたいな」

わたしの指摘に、いおりちゃんがくすりと笑った。ウィンドウショッピングを楽しみながら、そんな彼女がとまった先にある服は、どれも自分の身長の高さを生かしたものが多く、悔《くや》しいことにわたしには縁のないものばかりだった。

「自分の身長がコンプレックスだった。けど、最近は自信を持つようにしようって。自分にしかないものだって思えば、気が楽になって」

いおりちゃんが言う。

「教えてくれたのは、陽ちゃんやナツちゃん、それにミーコちゃんのおかげ」

「わたしたち?」

ナツと目を合わせるが、お互いに首をかしげるだけだった。どうして、と訊くが、内緒といたずらに笑うだけだった。オープンキャンパスの撮影の日、いおりちゃんと2人で会話したときの、あの笑顔が浮かんだ。自分の脚本が映像になってくれるのが嬉しいと語ってくれた、いおりちゃんの笑顔。

「私、今年に入って、もっと3人と仲良くなれたような気がするの。いままでの2年間も楽しかったけど、今年は特に近く感じる。気のせいかもしれないけど」

商品の服を手に取り、袖《そで》を撫《な》でながら、いおりちゃんがつぶやく。ナツがそっと笑って、こう返した。

「じゃあ、いいかげん『ちゃん付け』はやめろよな。呼び捨てでいいだろ」

言われて、いま気づいたみたいに、いおりちゃんがぽかんと口を開けた。

陽ちゃん、ナツちゃん、ミーコちゃん。彼女がわたしたちを呼ぶときは、必ずちゃん付けをする。自分にあまり自信がないと常々語ってきた、彼女らしい意識だと思っていた。だからわたしも気をつかって、同じように「いおりちゃん」と返してきた。もしもいおりちゃんがそれを外してくれるなら、すぐにだって名前で呼んでみたいと思う。

「ナツ」

舌のうえにのせて、その感触を味わうみたいに、彼女は静かに言った。

「陽」

くすぐったくなって、嬉しくて。だからこう返す。

「うん、いおり」

耐えきれなくなったのか、いおりが走って逃げた。面白くなって、笑いながら、ナツと一緒に彼女を追った。館内を走るなんて、子供みたいだ。すれ違うひとが、迷惑そうに睨《にら》んでくる。でも、思い出だ。いまだけは許してください。彼女はわたしたちを、呼び捨てにしてくれたんです。

つかまえたいおりと、3人で並んで歩く。テンションがあがって、腕とかくむ。歩いてみて、ああ、やっぱり足りないな、とすぐに気づいた。ミーコがいない。彼女がいたら、どんなことを言っただろう。ひとりでもふたりでも、3人でもない。4人でいないと、だめだった。考えるまでもない。でも、それがあらためて、わかった。

いおりが気に入った服を買い終えて、言ってきた。

「次はどこいく？」

「そんなの、決まっててんじゃん」ナツが答えた。

わたしたちは迷わずショッピングモールの最上階へ向かう。マップなど見なくても、行きたい場所はわかっていた。

こういう場所にある映画館は、たいてい最上階と決まっている。


夏休みが残り3日を切った。撮影はまだ進んでいなかった。

その気になれば、いなみ先輩の家のシーンを後回しにすることはできる。夏休み中に終わらせる必要はない。学校が始まってからでもいいし、季節が変わっても遅くはない。だけど予感がした。夏休みの間を逃せば、ここで延期してしまえば、このままずるずると、撮影しないままになる。防波堤が決壊する最初のヒビを見つけたような、そんな不安。ここを止めないと、いけない。

ミーコとは、あの日以来会っていない。ナツやミーコとは会う機会があるのに、ミーコは電話をかけてもでてくれなかった。あとでメールになって、オーディションをしていた、養成学校のレッスンをしていた、とちゃんと連絡をくれるけど、顔を見せてはくれない。

夜、ミーコに電話をかけようか迷っていると、着信があった。彼女に違いないと番号も見ずに電話にでると、ナツだった。

『あいつに何かしてやろうとか、考えるなよ』

いきなり釘をさしてきた。

監視カメラでもあるのではないかと、思わず部屋を見回してしまった。

あいつとはもちろん、ミーコのことだ。

「でも、何かしてあげたいよ。きっと困ってる。悩んでる」

『だとしても、あいつのプライドにとっては、どんな言葉もおせっかいにしかならない。だから放っておくんだ』

「……ナツはこのままでもいいの？　撮影が遅れても、いいの？」

『もちろん嫌だよ。許さない』

ナツは断言する。

いつだってまっすぐだ。

一息置いて、こう続けてきた。

『動画サイトとかでさ、無料で自分の作品をあげているやつがいるだろ。あたし、ああいうクリエイター気取りみたいなのが嫌いなんだ。もちろん、ちゃんとすごいのもいるよ。無料でアップして、そこからデビューにつながっていったひとがいるのも知っている。自分のキャリアのためのツールとして使っているのも知ってる』

なんの話をしているのだろう。一瞬わからなかった。だけど黙って聞くことにした。

『あたしが嫌いなのは、無料なのを言い訳にしているやつらだ。「これは無料です、あくまで趣味なので、だから批判はしないでください。褒《ほ》め言葉だけください」。そういうやつら。批判される覚悟がないのなら、そいつがやっているのはただのおままごとだ。ひと前にだすなら、それがネットだろうと身内だろうと、恥ずかしくないものをだせよって思う。胸張って、まっすぐ目を見て差しだせよって思う。あたしはさ、陽、この映画をおままごとで終わらせるつもりはないよ』

ネットにアップしたいのかな、と思った。誰かに発表したいのかな、と。でも違った。そういうことじゃ、全然なかった。

ナツはただ伝えたかったのだ。つくる以上、妥協はしないと。あのロケ地を変えるつもりはない、と。

ナツはいつもぶれない。そのまっすぐさが、頼もしくて、たまにまぶしい。

『なあ。あたし薄情かな?』

「え?」

『自分のしたいことならいくらでも口にできる。だけど相手の思いはどうかって言われると、自信がなくなる。ひととの関係って、どうやったら続けられるんだろうな。あたしにはわからない』

　友達は自分をうつす鏡。いまの言葉は、わたしがナツに、自分を重ねている部分だった。3年周期で友達が変わるわたしと、両親が離婚して、価値観の変わったナツは、似ている気がする。だから答える。

「薄情じゃないよ。ちゃんと伝わった。ナツの説明のおかげで、わたしもいなみの家は、あそこしかないと思った」

『さっきも言ったけど、遅れるのは嫌だ。けど仕方ないとも思ってる』

「ミーコに電話はしないことにする」

　わたしは決めた。ナツのまっすぐな意見に、つき動かされた。

「電話じゃなくて、やっぱり、直接会ってくるよ。許してくれる？」

『……そんなの、陽の自由だ。あたしが束縛《そくばく》して禁止してるみたいに言うな』

「あはは、ごめん」

　ナツが電話越しで溜息をついたのが聞こえた。

『やっぱりあたしにはわかんねえな。いじめを受けたっていっても、小学生のころだろ。昔のことじゃん。ちょっと行って、気づかないフリして、ぱぱっと撮影の許可を取るだけでいいのにな。まったくミーコは』

「他人にとってはささいなことでも、本人には重要なことって、たくさんあると思うよ。ナツが胸のサイズを気にしているのと同じで」

『なっ！　おいお前ふざけ』

電話を切った。この前、プールでさんざん好きにされたので、仕返しだ。これくらいは許してもらおう。

さあ、ミーコに会いにこう。彼女を助けにいこう。友達だという理由ももちろんあるけど、何よりわたしは、樹でもあるのだ。いなみ先輩を助けられるのは、きっと樹だけである。カツラなんかかぶらなくても、わたしは樹になれる。

家をでたところで、ナツからメールが届いた。ミーコの住所を知らせる内容だった。そっとお礼をつぶやいて、まずは駅を目指した。

インターホンを鳴らすと、でてきたのはミーコのお母さんだった。ミーコがそのまま大人になったら、まさにこんな感じになるのだろうな、という姿だった。ミーコと違って髪は長くてさらさらだけど、佇《たたず》まいや雰囲気《ふんいき》が、よく似ている。

「ごめんなさいね、まだ帰ってないのよ。学校からもうすぐ戻ると思うけど」

ここでいう学校とは、高校のことではなく、声優のレッスンをする学校のことだとわかった。

「なかで待つ？」

「あ、いえ、大丈夫です。ミーコが帰りによるところとか、わかったりしませんか？　そこで待ってようかと」

「よく映画を借りて帰ってくるから、寄り道するとしたら、あそこかしらね。レンタルビデオのお店の……」

それでわかった。駅に降りてからここに来る途中、1軒だけレンタルビデオのチェーン店を見かけた。

「向かってみます。ありがとうございます」

「こちらこそ。いつも一緒にいてくれて、ありがとうね」

近くの電柱で聞こえていた蟬《せみ》の声が一瞬、遠くなるくらい、その言葉が胸にしみていった。そうやって背中を押されて、お店のある通りを目指す。

歩いて15分ほどで、店の前までたどり着き、ひとまずそこで待つことにした。入口近くのポスターは、今週レンタルが開始される映画のラインナップを紹介している。映画館で興奮して、機会があればもう一度見たいと思っていた映画があって、思わず釘づけになる。

どうしようか、借りていこうか。いま財布あるし、会員証も入ってる。店にちょっと入って、さっと行って借りてくるだけ。でもその間にミーコが通り過ぎたり、入れ違いになったりしたら、ここにきた意味がない。だけど映画は気になる。どうしよう。

「なにしてんの?」

とつぜん声をかけられて、ひょ! と思わず変な悲鳴がでる。声の主は、店からでてきたミーコだった。すでに入店していたのだ。

固まって返事ができない数秒が続き、ひとまず、ミーコの片手に持っている、レンタル店のロゴが入った袋に視線を逃した。

「な、なに借りたの?」

「『フォレスト・ガンプ』」

「へえ、2回目?」

「いや1回目。実は観たことないの。いままでタイミングが合わなくて」

「ああわかる。有名すぎて観てない映画シリーズ。わたしの場合は『マトリックス』」

「で、なにしにきたの? まさかあたしを待ってた?」

「えっと……」

どうしようか。この場で説得しようか。それも何か、違う気がする。その映画を観るときのベストなタイミング、めぐり合いがあるように、藤堂さんの家の話題を持ち出すのにもタイミングは必要だ。それはいま、ここではない気がした。

「家まで送るよ。夜道、危ないし。樹役だから、いなみ先輩のことは守らなくちゃ」

「へえ、立派な役者意識ね」

からかうような笑みだった。わたしの目的は、どうやら見透かされてしまっている。それでもミーコは、一緒についてくることを許してくれた。

通りを外れて住宅街を歩く。なるべく街頭の明かりが届くスペースを選びながら、家に向かっていく。老朽化《ろうきゅう》のせいで、点滅が激しい街灯のところは、早足で抜けていった。

「今日のレッスンはどうだった？」わたしが訊いた。

「だめだった」

ミーコが答える。

「ここのところは、ぜんぜん。調子がよくない」

「そっか。夏だし体調が崩れることもあるよね」

「3人に、迷惑をかけてることもわかってる。スケジュールも遅れ気味でしょ」

「いや、まあ、ええと……」

話題が早くも映画のことにすり替わっていて、何より、ミーコのほうからそれを持ち出すとは思っていなかったので、こちらの対応がおぼつかなくなってしまう。こんなことじゃだめだ、と頭のなかで自分をビンタする。

「わからないのよ」

ぽつり、と、こぼすようにミーコは言った。

「どういう顔をしてあそこに行けばいいか、わからないの。他人相手なら、いつもはすぐにチャンネルを換えられるのに。藤堂彩加にだけは、ふさわしいチャンネルが見つからないの」

ミーコはひとに合わせて自分のキャラや表情、仕草を変えられる。ミーコに限らず、もちろんわたしも含めて、それは誰もがきっとしていることだ。物事を円滑に進めるためか、もしくは自分を守るためなのかもしれない。

「過去のことなんて忘れて、何気ない顔をすればいい？　それとも恨みをこめて睨《にら》みつけるのが普通なの？　殴《なぐ》ったほうがスカッとする？　考えれば考えるほどわからなくなる。もう過去のことだと思ってたのに、こんなに動揺《どうよう》するなんて、思わなかった。悔《くや》しい。悔しくてたまらない」

わたしはミーコほどチャンネルを持ち合わせていない。つくれる表情のレパートリーだって少なくて、アドバイスをするなんておこがましいかもしれない。だけどわたしだから言えることは、きっとある。

「いおりちゃんだったら、睨みつけてたかもね。ぶつぶつと呪文みたいに恨み言をつぶやいて、いおり節が炸裂《さくれつ》、みたいな。それか、もしくは怯《おび》えてたかも」

うつむきかけていたミーコの顔があがったのがわかった。

わたしは続ける。

「ナツだったら殴ってるかな。いや、案外けろっとして、無視しちゃうかもね」

「陽……」

「わたしだったら、どうかな、へらへら笑っちゃうかも。相手を無意識に苛立《いらだ》たせちゃうかも。そうなったら、大変だな」

自分で想像して、自分で笑ってしまう。

けどつまり、そういうことだ。

「正解なんてないんだと思う。映画には台本があって、用意されたセリフとシーンがあるけど、現実にはそれが存在しない。自分たちがつくっていくしかない」

だから辛《つら》いし、苦しいし、痛いし、ときには泣きたくなる。ひとりで立ち向かうには、とてもじゃないけど不可能なシーンがある。きっと、この先の人生で、そういうものとも戦えるようになるために、この映画をつくり始めたのだ。

「わたしたちがいるよ。だから大丈夫」

ミーコの家の前についたとき、最後にそう言った。ミーコは返事をしようと口を開きかけて、結局なにも言わず、家に入っていった。

1時間後にわたしも帰宅して、自分の部屋のベッドにダイブする。携帯に1通のメールが入っていて、確認するとミーコだった。たった一言、短いその返事を見て、枕に顔をうずめた。あふれる感情を必死に押し込めようとするが、最後は両足がばたばたと跳ねてベッドを叩いた。

メールにはこうあった。

『撮影する』

5

夜7時頃、駅前に最後にあらわれたのはミーコだった。こういう待ち合わせや集合は、いつもミーコが最初にやってくるものだけど、今日は最後だった。

彼女は浴衣《ゆかた》を着ていた。いなみ先輩の祭りの衣装。準備は万端という意味だ。

「おまたせ」ミーコが言った。

ナツが返す。

「ほんとにいいんだな。また直前で逃げだすとか、そういうのはナシだぞ」

「うん。撮影、お願い」

攻撃的な口調で言い返すこともなく、ただ平坦と、そう言った。ナツもいつものような反抗がないことに戸惑ったのか、「そ、そうか」と返事するだけだった。ミーコの静かさのうちに、わたしは強さのようなものを感じた。

全員で住宅街を進む。夕日も沈み、時間もちょうどよかった。いつ撮影を始めても違和感のない暗さになっていた。祭りのあと、いなみ先輩は家に走り帰り、そのあとを樹が追う。そんな時間。

日本家屋、藤堂家にたどりつく。事前のアポは今日もない。向こうの連絡先も知らないので、ぶっつけで交渉するしかない。

ナツがインターホンを押そうとした。そこにミーコが割って入った。

「あたしがやるから」

言って、ナツも素直に身を引いた。彼女を信じることに決めたらしい、リュックからカメラを取りだし始めた。いつでも撮影ができる状態にしようとしているのだ。

今回は、とつぜん引き戸が開くことはなく、インターホン越しから応答があった。女性の声だった。藤堂さんではなく、もう少し年を重ねている。お姉さんか、お母さん。

「夜分すみません。藤堂彩加さんとクラスメイトだった、佐々木《さ さ き》美由と申します」

「ああ、お友達？　ちょっと待っててね」

間もなくして、どたどたどた、と家のなかで誰かが走るような音が聞こえた。姿が見えなくても、その挙動が想像できるようだった。母親の言葉に、階段を駆け下りてきて、玄関で靴《くつ》をはき、引き戸を思いっきり開けて、藤堂彩加がやってきた。

「美由……」

「久しぶり、彩加。この前はとつぜんごめん」

ミーコが1歩、わたしたちの前にでて、藤堂さんと会話を始める。藤堂さんは話題を必死に探すように、視線を動かし、ミーコの体を1周させる。

「それ、浴衣？」

「ええ。あたしたち、いま映画を撮ってるの。こっちは高校の友達。今日はお願いがあって、彩加の家に訪ねた」

前回の訪問で、ナツがすでに半分は要件を伝えていた。藤堂さんも覚えていたようで、とくに驚くそぶりを見せない。でもミーコはひとつひとつ、やり直していく。手順を守り、交渉する。

「ロケ地を探していたら、うちの監督がこの家がぴったりだと言うの」

そして。

ミーコは流れるような動作で、頭を下げた。まっすぐと、お辞儀《じぎ》をした。あっけに取られたのは、藤堂さんだけではない。横のナツは目を丸くする。いおりちゃんは、え、と小さく声をだした。わたしは息が止まりそうになった。

「お願いします。少しでいいので、ここの庭を使わせてください」

プライドは高く。それに見劣りしない容姿と、誇りをしっかり持っていて。

自分の意志や選択のみで常に行動し、その生き方は、ある意味ではナツよりも男らしい女の子。

そんなミーコが、ひとに頭を下げるのを、初めて見た。

「みんなでつくりあげなくちゃいけない映画なんです。だから、お願いします」

自分のためだけじゃない。

きっと、わたしたちを思って。

誰よりも傷つき、前に立ち、そうすることを選んだ。

藤堂さんがあわててミーコの頭を上げようとする。

「いいって、そんなの！　自由に使って。勝手に入っていっていいから」

とっくに許可は取れた。だけどミーコはなかなか頭を上げようとしなかった。その間も、狼狽《ろうばい》する藤堂さんはなんとか彼女の姿勢を戻そうとする。どちらが被害者で、どちらが加害者だったのか、いまの2人を見ても、きっと判断できなかっただろう。

藤堂さんが玄関の門を開ける。頭をあげたミーコが、藤堂さんの案内で先に進み、玄関から横にそれて、庭に向かう。

月明かりがちょうどさしこんでいて、まさにベストというタイミングだった。ナツが茫《ぼう》然《ぜん》としているわたしの肩を叩いてくる。思い出し、急いで準備した。ウィッグをかぶり、はみだしている髪がないかをいおりちゃんにチェックしてもらう。服装も大丈夫だ。この前の夏祭りと、同じもの。

まずは樹がいなみの家にたどりつくシーン。家の前、住宅街を歩く。塀《へい》の向こうの庭、縁側で浴衣のまま膝をかかえ、座っているいなみ先輩を見つける。玄関にかけつけて、

「『入ってもいいですかっ?』」

庭の向こうのいなみ先輩に聞こえるように、声をかける。家に明かりはついておらず、いなみの両親など、誰もいないことがわかる。そうっと玄関の門を開けて、樹は庭に進んでいく。

「はいカット」

一連のシーンを撮り終える。藤堂さんにも、家の明かりを消してもらって協力してもらっていた。「ありがとう、クレジットに記すよ」と早くも距離をつめたナツが藤堂さんに言った。藤堂さんは笑顔を返しつつも、どこか上の空だった。彼女の視線は縁側に座るミーコにそそがれていた。

いよいよ縁側で、いなみと樹が会話をするシーン。直前で、喉《のど》が渇《かわ》いたとミーコがいおりのもとへ行き、スポーツドリンクを受け取る。わたしもマネをして飲んだ。縁側に戻る途中、ミーコが藤堂さんに話しかけられたのが見えた。

「ね、ねえ美由。あのときのことだけど」

ミーコは藤堂さんの言葉を無視して、そのまま行ってしまった。藤堂さんもそれで委縮《いしゅく》して、彼女を追いかけなかった。その横を、そっと通り過ぎて、わたしも縁側に向かう。ミーコはすでに座り、準備を始めていた。浴衣のすそを丁寧《ていねい》におり、シワを伸ばしたりと、なんとなく、話しかける雰囲気《ふんいき》ではなかった。いま、もしも話しかけて、藤堂さんと同じように無視されたら、わたしも傷つくだろう。そういえば今日はまだ、ミーコと一対一で話していない。

縁側シーン、まずは正面からの1カット目。画面の左側から、樹であるわたしがそうっと入ってきて、立ったまま語りかけるシーン。

スタートの合図があり、撮影が始まる、ぴっという小さな機械音が聞こえた。藤堂さんは去ることなく、わたしたちの撮影を見学していた。大丈夫。外野がいようと関係ない。もっと多くの目にさらされたことだって、あるのだから。

ひとつ息をはいて、そっと、うずくまるいなみ先輩のもとへ歩み寄る。

「『いなみ先輩』」

返事はない。

数拍置いて、樹は続ける。

「『すみませんでした、本当に』」

深く、頭を下げる。下げた瞬間、ぐわんと、頭に血がめぐってくるのを感じた。ふらついてしまいそうになり、必死に耐える。足元と、芝生《しばふ》を見つめる。

ああ、こんな感じだったのかな、と思う。藤堂さんに交渉したときのミーコも、同じように、ふらつきそうになったのかな。頭を下げるという行為は、相手の表情を見失うという意味でもある。こちらはあなたの様子をうかがったりはしない。ただ、精一杯の謝罪をこめて、相手に判断を託す。頭と首という、人間の一番大事な機能を、相手に差しだす。

こんなにも不安なのかと思った。返事があるまで、じっと、耐える。それだけなのに、こんなにも怖いのかと思った。

「『樹くん。大丈夫。もう、いいよ』」

ミーコが、いなみ先輩の声で言った。わたしはゆっくりと頭をあげた。いなみ先輩はうずくまった体勢をすでに解いていた。

カットがかかり、ここでわたしは画面からでる。あとはいなみ先輩単体のカット。カメラが樹の視点になり、カメラに向かって、いなみ先輩は返事をするだけ。

わたしの座っていた近くにナツがカメラを持って、腰を下ろす。位置を調整しようとするが、ナツが首をひねっている。何か納得がいっていないようだった。それから思いついたように、わたしに言ってきた。

「お前がここでカメラを持って、回してろ」

「えっ？　なんで。わたし撮影なんてできないよ」

「樹と同じ身長の視点で撮りたいんだよ。そしたら、回すのは陽が一番いいだろ。大丈夫。お前はミーコにカメラ向けてるだけでいいから」

言われるがまま、カメラを渡される。交代でまた、縁側へと戻る。できるだろうか。ちゃんと撮影できるだろうか。もし画面がぶれたらどうしよう。心配していると、ミーコと目が合った。ミーコはわたしに、ほほ笑んでくれた。「よろしく」と、わたしだけに聞こえる、小さな声で返事があった。それで緊張がなくなった。

そして、最後のカットの撮影が始まる。

ボタンを押して、ぴ、という機械音。カメラの画面をじっと見つめ、ぶれないよう、腕を固定する。

画面の奥のいなみ先輩。

彼女はゆっくりとこっちを向いて。

そして、わたしは気づいた。

たぶんこの場で、カメラを向けているわたしだけが、気づいたこと。

止めようかどうか迷って、でも、撮ることにした。

「許してあげる」

そこにいるのは、いなみ先輩ではなかった。

ミーコだった。

脚本のセリフではなく、言葉もまた、ミーコの言葉だった。

「もう怒ってないから」

樹の視線でもあるこのカメラを、ミーコは見つめていなかった。といっても、気づくものもいるかどうかわからない、ほんのわずかな、視線のずれだ。

そのずれた視線の先、わたしの背後にいる存在。

見学していた、藤堂さんが立っている。ミーコは彼女に言っていた。途中で気づいたけど、それでもわたしは止めなかった。涙が流れそうになって、必死に、こらえた。撮影なんてどうでもいい。いますぐカメラを放り投げて、抱きしめてあげたかった。でも、我慢した。藤堂さんのために。何より、ミーコのために。

「あなたと過ごした時間があるから、いまのわたしがある」

樹に告げるはずだったセリフとは思えなかった。脚本の担当はいおりちゃんだ。だからありえない。そのはずなのに、初めから、ミーコが藤堂さんに向けるために用意していたのかと勘違いしてしまうくらい、自然な言葉だった。

遠くから、ナツのカットをかける声が聞こえた。そっと、撮影のストップボタンを押した。ミーコはひとつ、長い息をついて、目を閉じた。

振り返ると、藤堂さんはその場でうずくまり、声をださないように泣いていた。

「あいつ、いじめグループのリーダーだったらしいぞ」

わたしたちは先に家の門をでていた。ミーコと藤堂さんが話しているのを遠くで眺めていると、ナツがそうもらした。そういえば、撮影の準備中に、ナツが藤堂さんと何度か会話していたのを見ていた。内容までは知らなかったけど、けっこう深い部分について話していたらしい。

「いまは小学校のグループとは縁も切って、誰とも関わっていないらしい。あのときの気持ちとか、久々に会って後悔《こうかい》がわきあがったとか、いろいろ教えてくれたよ」

「ナツはなんて?」

「無関係のあたしに告白するのは甘えだって言った」

容赦《ようしゃ》ないな。

でも、ナツらしい。

わたしが聞いていたら、彼女のように冷静に返せていただろうか。

「私じゃなくてよかったね。殴《なぐ》ってるところだった」ぼそりと、横でいおりが言った。3人で笑い合った。

間もなくして、ミーコがやってきた。藤堂さんも背を向けて家に戻っていった。

帰り道、ミーコは鼻歌を歌っていた。今日の集合時から、彼女のまわりにずっとあった、ぴりぴりしたような空気は、もうなくなっていた。しがらみから解放されて、とても気持ちがよさそうだった。

「仲直りしたの?」思わず訊いた。

「いや、絶交してきたけど」

「ええっ⁉」

思わず大声がでてしまう。ナツといおりの声も重なって、住宅街に、思いのほか響いてしまった。ミーコがそんなわたしたちを笑う。

「だって自分をいじめてた相手よ？　当然じゃん」

「え、え、え？　いやでもだって、許すって。さっきだって結構長めに話もしてたし。あれ、どうなってるの？」

「向こうが連絡先を教えてほしいとかっていうから、断った。今後あたしの人生に関わらないでくれって言ってきた。許したのは事実だけど、仲良くなれるかは、また別でしょ」

「あはは！」

ナツが笑った。確かにそうだな、と賛同する。見ると、いおりもそれで納得したみたいだった。なんだなんだ、女子ってわからない。いや、わたしも女子だけども。

「それに」

と、ミーコが続ける。

「あんたたちが、いてくれるんでしょ」

２人は何のことかと首をかしげる。

だけどわたしは、それだけはわかった。送っていたメッセージが、ちゃんと届いていた証《あかし》だった。わたしとミーコは目を合わせ、２人で同時に、ぷっと笑い合う。あとでナツといおりにも、ちゃんと教えてあげようと思った。

夏休み、最終日の出来事だった。

6

始業式をかねた全校集会では、生徒が体育館におしこまれ、全員が直立不動で学園長の言葉を聞く。ナツはいつもこれに参加しない。檀上《だんじょう》から見下ろされるのが、神経を逆なでするという。

体育館に集合する途中でミーコといおりに会った。

「ナツは今日も不参加かな？」わたしが訊いた。

「今回は理由が違うみたいだけどね」

ミーコが言って、指をさした先にナツがいた。カメラを持ち、そっと体育館横の階段を上り、２階にいくのが見えた。髪は校則通りの黒になっていて、夏休みの派手な面影《おもかげ》がしみついているせいか、わたしには逆に少し浮いて見える。

「上から撮るんだって。卒業式のシーンの材料にするみたい。まあ、傍《はた》から見ればそれっぽく見えなくはないけど」いおりが答えた。

全校集会中、そっと振り返って、２階部分を探してみる。細い通路のあたり、隠れるようにしてナツが撮影していた。

集会が終わると、ナツはすばやく姿を消していた。ばれればカメラも没収だ。体育館の出入り口でミーコといおりと合流し、さっきのナツについて笑い合う。教室前で解散し、ひとり席についたところで、女子の２人組が声をかけてきた。

「ねえ、陽さんたちって、映画撮ってるんでしょ？」

「え？」

思わず声が裏返る。とぼけたように見えたのか、２人が首をかしげた。

「あれ、違ってた？　友達が夏祭りで、カメラを回してる陽さんたちを見たって」

確かに見たよ、と今度は男子が２人やってきた。どうやら目撃者らしい。隠す必要も、明かす理由もなかったが、そのまま答えることにした。

「うん。撮ってるよ」

「夏休み前、学校の廊下《ろうか》とかでも撮ってたよね。やっぱり見間違えじゃなかったんだ。でもいいよね、なんか。うらやましいな」女子のひとりが言った。

「うらやましい？」

「だって、本当の仲間って感じだったよ。撮影してるときの４人」

傍から見たわたしたち。

仲間のようだと言われて。

進んでいる道は、間違っていないと、教えてくれたような気がした。

放課後、部室に向かう。ナツは進路希望表の提出が遅れていて担任に呼びだされることになり、ひとりだった。

部室につくと、わずかにドアが開いていた。一番乗りはやっぱりミーコだった。窓を全開にし、扇風機も強風。暑さにぐだっているかと思いきや、マスクをして、はたきで周囲を叩いていた。どうやら埃《ほこり》がたまっていたらしい。

「めずらしいね。率先《そっせん》して掃除《そうじ》なんて」

「あ、あまりにも汚かっただけよ。ＤＶＤが観られなくなったら困るでしょ」

照れるように、顔をそむける。ほら、あんたも手伝って、ともうひとつの新品のはたきを受け取る。

一緒に掃除していると、ナツといおりもやってくる。
開いた窓から、一瞬だけ、涼しい風が吹いた。
秋の最初の風だった。

第四章

ロスト・イン

1

焼きそばの山と、一生分は見たと言えるほど向かいあうこと3時間、ようやく交代になり、わたしの文化祭の出番は終わった。

初日の午前、午後、2日目の午前、午後と4つのシフトがあるが、わたしはまっさきに初日の午前を選んだ。夏休みの宿題（3年生の今年はなかったけど）も先に終わらせて、残りを満喫《まんきつ》するタイプである。

やってきたクラスメイトにエプロンを託して、調理台をでる。教室を離れる前に、レジ係として席についているナツに声をかけていくことにした。

「わたし、先に部室いくよ」

「それならあれ調達しといて。ポップコーンとフランクフルトとチュロスとたこやき」

「多いな。撮影に必要なもの？」

「あたしに必要なもの」

溜息をつきつつ、結局、言うことに従って店をまわっていく。部室に行っても、たぶんまだ誰もいない。いおりは美化委員の仕事で校内の見回りと清掃についていて、ミーコは時間的に、クラスの劇のだしもので眠り姫役をしている最中だ。「恥ずかしいから観にくるな。きたら殺す」というので、半殺し程度に、クラスをのぞいた。暗幕をくぐり、空いていた席にそっと座る。

劇の登場人物は全員女性だった。眠り姫はキスされることで目覚めるが、そのシーンは王子役がただ祈るだけというものに変わっていた。おそらく学園側が規制したのだろう。ひとまえでキスをするのはたとえフリであろうと、不適切だと。こういう細かなところを、いちいち指摘してくる。

眠り姫のミーコは100円ショップなどでそろえたであろう、人工植物のなかで横たわっていた。ドレスは手作りなのか、それなりにきれいだった。けど、普段のミーコを知っているだけに、お姫様姿の彼女に、笑いをこらえるのに必死だった。

ミーコにばれないうちに、途中で退場し、文化祭を見て回る。最初の文化祭をむかえる1年生も、先輩や後輩、同級生、好きな異性をさりげなく探して歩く2年生も、受験が間近で、その反動ではしゃぐ3年生も、ひとしく同じ、祭りの参加者だ。

店の運営も、お客も、すべてが高校生。仮想的な社会を見ているみたいで、少し面白い。店番を率先していたり、クラスメイトに指示をだす生徒は、将来社会にでても、そういう役割につくのだろうなと想像する。一応の役割はこなしつつも、意識は自分たちの映画にあるわたしたちは、果たしてどんな社会人になるのだろう。

ポップコーンとフランクフルト、チュロスにたこやき、その他もろもろ。ひと通りの調達を終える。店が並び、生徒で混み合う中庭をでる。

体育館を通り過ぎていく。なかで軽音楽部がライブをしていた。バンドの演奏や、オーディエンスの歓声が、外までもれている。教員数人があわただしくなかに入っていって、その数分後、演奏が少し大人しくなってしまった。はしゃぎすぎだ、と注意を受けたのだろう。2年前まで、学園に軽音楽部はなく、吹奏楽部だけだったというから驚きだ。盛りあがれば盛りあがるほど、普段と違う日である今日（文化祭）を見ていくほど、この学校がいかに校則に厳しいかが、逆に浮きぼりになる。ナツが横にいたら、ディストピアだと叫んでいそうだ。

旧部室棟まで移動すると、あたりが静かになる。文化祭の喧騒《けんそう》の波も、学校のほぼ端であるここまでは押し寄せない。お前らはのけものだ、と隔絶《かくぜつ》されたような、少しさびしい気持ちになる。だけど祭りのど真ん中で大多数と一緒に過ごすより、こういう秘密の場所で過ごすほうが、案外青春っぽかったりもする。少なくとも、樹《いつき》といなみ先輩は、脚本のなかではそう過ごしていた。

部室にはすでに、ミーコといおりがいた。明かりを消して、カーテンを閉じ、映画を流している。本当にここは、いつも通りだな、とほっとする。

いおりは歩きつかれたのか、自分の足を片方ずつ揉《も》んでいた。ミーコはテーブルにならべられた店の出し物をそれぞれつまみ食いしている。焼きそば、たこ焼き、あとはクレープ、チュロス、と、いくつかかぶっているものもあって、思わず笑った。

席につくと同時、ミーコがずいと身をよせて言ってきた。

「あんたさっき、観にきてたでしょ」

「え？　いってないよ」

「いいや、きてた」

「あ、これ何の映画？」

ぎりぎりのところでごまかす。いおりが空気を読んだのか、映画の名前を答えて、話題をそちらにずらしてくれた。よかった。危なかった。これで大丈夫、と思っていたら、まだミーコはわたしを監視していた。

30分ほど経って、ナツが帰ってきた。カメラを持っていた。そういえば、文化際の風景を撮るのだと息巻いていた。画面を見ながら、ここまでチェックしながら戻ってきたらしい。

「なんでそんな堂々とだしてるのよ。先生に見つかったらとりあげられるわよ」ミーコが言った。

「大丈夫、最初は警戒してたけど、案外平気だった。文化祭で、ほかの先生もいちいちひとりの生徒ばかりに目を向ける暇もないんだろ」

「外観はうまく撮れた？」わたしが訊いた。

「ばっちり。いろんなアングルから」

ナツが画面を見せてくる。テーブルの真ん中において、全員が確認できるようにしてくれた。わたしたちのクラスがやっていた焼きそば喫茶から、中庭の様子、生徒たちのはしゃぎ声、校内に移動し、出し物や展示のコーナーに移動する。途中でミーコのクラスがやる劇の教室をうつしていた。暗幕におおわれた教室から、こっそりとでていく人影がうつった。ミーコがすかさず「止めて」と言った。ナツがズームをすると、見事にわたしだった。決定的な証拠だった。思わず悲鳴をあげた。

「陽《ひな》ちゃん、どういうことかな？」

笑顔だけど笑っていない表情で、ミーコがわたしの腕にそっと触れてくる。答えにつまっていると、偶然の助け船がやってきた。ナツが撮影をすると言いだしたのだ。

「樹といなみ先輩の会話のシーン、撮っちゃおう。文化祭でまわりがお祭り騒ぎのときも、2人は部室で静かに語らい合う。そういう特別な場面だ。テーブルにも、ちょうど買ってきた食べ物も並んでるし、一緒に映すぞ」

ミーコが準備のために髪型をセットする。わたしも、棚《たな》の一部につくった映画機材の収納スペースから、ウィッグを取って装着する。なるべく目を合わせないようにした。

いおりが隅に移動し、さっそく撮影が始まった。

いままでのシーンに比べれば、難しさはそれほどない。ただ、会話をしていればいいだけ。脚本にあるセリフも、（流れている映画について語らい合う。口調注意）とある。樹といなみ先輩が、文化祭のなかでも映画を観るという場面。

樹といなみ先輩は、それぞれ流れている映画に視線を向けている。何気ない会話をこなしていく。撮影でなくてもいつもしていることなので、樹っぽい言葉やはきはきとしてしゃべれば何も問題な……

「いいいいっ！」

激痛が走った。テーブルの下、カメラからは見えない足元で、ミーコがわたしの足をぐりぐりと踏みつけていた。

「どうしたの、樹くん？」

とぼけた様子で、うすく笑いながらいなみ先輩が言ってくる。だめだ、こんなところでカットをかけるわけにはいかない。最後まで樹を演じ切るしかなかった。まさかこんな仕返しがあるなんて。

「あはは、ちょっと口を噛《か》んじゃって」

「もう、あわてるからよ。樹くんらしいけどね」

「ごめんなさい」

本当に許してください。

言外に伝えるが、お仕置きをやめてくれなかった。このままやりとおすしかない。ハリウッドの俳優にも、こうやって、共演者にアドリブを誘ってくるひとがいると聞く。緊張感の種類もまったく別物だけど、なんとなく、気持ちがわかった気がした。

ようやくカットがかかり、撮影終了。ミーコからも解放され、倒れこむように机に伏す。いおりもナツも、どうしてわたしがそんなに疲れているのか、不思議な様子だった。

「あのアドリブは打ち合わせしてたのか？　面白かったからいいけど」

「そんなところ。でしょ、陽」

「あはは、まあね」

ミーコに合わせて笑う。いままでで、一番怖かった撮影だった。

いおりが時計を見て、立ち上がる。午後の美化委員の見回りがあるらしく、ぶつぶつと文句を言いながら部室をでていった。ミーコも午後の回の劇があるというので、一緒にでていき、最後はナツと2人になった。

「あいつの劇、観に行ってみるか？　はは、どんな服装してるかな」

「やめよう。足を踏みつけられる程度には痛い目にあうから」

いおりとミーコが戻っている間、『ハリー・ポッター』を流した。もはや説明不要の大作ファンタジー。ハリーが仲間たちと魔法学校に通い、宿敵ヴォルデモートと対決する冒険物語。誰もがこんな風に、一言であの映画を説明できる。それがすごいと思う。伝えやすいとは、イコール広がりやすいだ。仲間とともにハリーは成長し、子どもも大人も、音楽を、映像を、ストーリーを一緒に楽しめる。終わったあとは、ハリーの呪文を子どもが真似《まね》して唱えている。1作目が公開されたのは、わたしが小学校1年生くらいのときだ。

懐かしさに浸っていると、とうとつに、ナツが言ってきた。

「変わったよな、いおりとミーコ」

「え？」

「今年になってから、なんだかあいつら、変わった気がする。いおりは快活になったし、ミーコは良い意味で大人しくなった。どんと構えるようになったっていうか。いつも一緒にいるはずなのに、いつの間にかって感じだ。何がきっかけだったんだろう」

「それは……」

4月からいままで、駆け足でやってきた日々を思い返す。ここで映画をつくろうと、みんなで意見を出し合った初日が、つい1週間前ほどに思えるほど、早かった。

「ナツのおかげじゃないかな」

「あたし？」

「映画をつくろうと決意してくれたから。2人もそれで乗ってくれた。きっかけがあるとしたら、1、2年生のころにはなかったものだと思う。つまり」

「映画をつくっているから。それなら、陽のおかげだろ。提案したのはお前なんだから」

そうだよ、とナツが自分の言葉に納得したように、手をたたく。

「一番変わったのは陽だよな。お前が映画製作を持ちかけるなんて、誰が想像できたか。屋上の侵入も、みんなびっくりした。きっかけは、なんだったっけか？」

きっかけ。わたしが思い立ったきっかけ。

芯の部分。映画製作をするための、わたしの根元の部分。

「3年生になったら、みんな忙しくなって、この部室に集まる日が減るのかなって。それが嫌だった。だから引きとめるための、映画製作を持ちかけた。いおりちゃんが書いてくれたあの脚本の通りだよ。わたしはきっと、樹そのものだ」

「そっか。そうだったな」

画面では、ハリーたちが3人ならんで校舎を歩いているシーン。ナツも頬杖《ほおづえ》をついて、眺めている。おそるおそる、訊いてみた。

「ナツはどう？　映画をつくってみて、何か変わった？」

「あたしか。うん、あたしもそれを考えてた。どうなんだろうなって」

ナツは手元にあるカメラをなでる。

「楽しいよ。やってよかったと思ってる。受験生には、いいストレス解消にもなるし」

「あはは、確かに」

「1年生、2年生のころも、あれはあれで楽しかった。みんなでぼーっと映画を観てさ、たまに議論が白熱して、喧嘩《けんか》して。翌日はなんてことない顔でまた集まって。こういう時間が続いてもいいな、と。でも、映画をつくり始めてみて、どうしてもっと早くつくらなかったんだろう、って、身悶《みもだ》えすることもある」

これ以上の玩具《おもちゃ》をあたしは知らない。そう言って、愛《いと》しさを感じさせる視線を、ナツはカメラに向ける。

「だから最近はたまに考える。撮影が終わったら、どうなるんだろうなって」

「撮影が、終わったら？」

「あたしたちは違う大学に進むだろ。そのあとが、まだ想像できない。いつものあたしなら、たぶん、大学でまた適当に仲間でもつくって、連絡も取らなくなるんだろうなぁ、とか考える。どうなるんだろうなぁ。どうしたいのかなぁ、って」

この関係が、続くのかどうか。

それがナツにはわからない。実感がわかない。みんなが続けたいと思わないと、きっとこの関係は保たれない。そのための映画製作だと、訴えたくなる気持ちを、ぐっとこらえる。それはわたしのエゴに過ぎないから。伝わればうれしいけど、伝わらなくても、恨んではいけないこと。映画のあらすじのように、一言では伝えられない。だから、現実って、難しい。

映画のなかでは冬休みにはいったのか、ハーマイオニーとロンが学校から去っていき、ハリーだけが談話室でひとり過ごしている。

「友達の定義って、なんなんだろな。ありふれてよく使われるけど、どこからどこまでが友達なんだろうな」

「それは……、一緒にどこか遊びにいったり、教室で話したり、旅行したりとか」

「部活とか？」

「そう。なんかこう、同じ時間を共有していて、息のあったひとなんじゃないかな」

「じゃあ、時間を共有しなくなったら、友達じゃなくなるのか？　遊びにいかなくなったら、教室で話さなくなったら、部活をやめたら、関係も離れる？」

「そんなことは……」

ないと言いたい。だけどわたしに、それを言う資格はない。

なぜならいままでわたしは、そうやって友達を失ってきたから。そしてナツも、同じ経験をしている。

「映画のなかのハリーたちは、どれだけ時間をおいても３人でいる。ハリーから手紙の返信がなかったら、ロンは心配になって車で家まで迎えにもくる。ああいう友達、あたしにはいない。だから定義があいまいなんだよな。友達だって、はっきり言えるやつが、きっといないんだろうな」

淡泊《たんぱく》で客観的に、自分のことじゃないみたいに、そうつぶやいた。

わたしがいつまでも答えられないのに気づいたのか、ナツが話題を変えてきた。

「言い忘れてたことがあるんだ。次はあのシーンを撮るからな」

「あのシーン？」

「樹が卒業式に、校門をでようとしたいなみ先輩を呼び止めるシーン。そのまま抱きついて、何かを言う」

クライマックスのシーン。いおりが実現したいと提案してくれた場面でもある。『ロスト・イン・トランスレーション』という映画のオマージュで、ここは無音になる予定だ。

「基本的に何を告げてもいいけど、決める言葉くらいは考えておけよ。演技にもそういうの、影響するみたいだし」

「ど、どんなこと言ったらいいかな」

「さあ。細かい感情の部分はあたしにはわからん。愛してるとか、忘れないとか、そんな感じじゃないか?」

「適当だなぁ」

「文化祭が終わって、月曜日が代休になるだろ。明後日、そこで撮るからな」

「ところで映画のカットって、あといくつ残ってるの?」

ナツは自分用の脚本と絵コンテをだす。こまかいマーカーのあとや、付箋《ふせん》がいくつも貼られている。受験用の参考書よりも、数が多い気がする。

「あとは冬に、いくつか部室や校内のシーンを撮るくらいだな。編集が膨大《ぼうだい》に残ってるけど、クランクアップも近い。大きなシーンという意味なら、明後日がラストだな。気合いいれていけよ」

編集で無音になるのだから、言葉は基本、なにを告げてもかまわない。だけどかける言葉によって、きっと演技も変わってくる。

それならやっぱり、考えないといけない。いおりがつくりあげてくれた脚本に、ナツのまわしてくれるカメラに、ミーコの演技に、応えられるものではないといけない。

「ああ、困ったなぁ」

思いつかない。どうやらわたしは、夏休みの宿題を早めに終わらせる賢い学生なんかではなく、終わったと思っていたら、うっかりひとつが残っていて、直前になって焦りだすタイプだったらしい。

わたしはいなみ先輩に、どんな言葉をかければいいのだろう。

2

2日目の文化祭は、気のせいか、初日よりも匂《にお》いがしみ込んでいる気がした。廊下《ろうか》や中庭のあちこちに、食べ物の香りを感じる。教室の外枠《そとわく》にかざられた装飾や、出店に違和感がなくなる。

今日は4人とも、クラスの出し物や当番がなかった。撮影も予定がないので、純粋に楽しもうと、一緒にめぐることにした。ナツは目についた先から食べ物を買っていく。少し目を離すとすでに完食していて、ペースがとにかく早い。店によるたびに、元クラスメイトなのか、いろんなひとに「手伝ってくれ！」と、すがりつかれているのが面白かった。意外と面倒見がいい。

ミーコは通りかかる男子に挨拶《あいさつ》し、そのたびに何かおごってもらっていたり、一口もらっていたりと、いろいろあざといことをやっていた。驚いたのは、最近はいおりとコンビで認知されているらしいということだった。ミーコに声をかける男子は、いおりにも気づいて、手を振る。夏を過ぎて雰囲気《ふんいき》が変わったいおりは、恥ずかしそうにしながらも、それに丁寧《ていねい》に返していく。

わたしは歩きながら、昨日からずっと同じ問題に頭を悩ませていた。ロスト・イン・シーン（クライマックスのいなみ先輩との別れのシーンをそう呼ぶことにした）でかける言葉が、いまだに決まらない。

移動中、わたしの隣にやってきて、いおりが声をかけてくれた。様子がおかしいことを、見抜かれたらしい。耐え切れず、相談した。こんな言葉が返ってきた。

「あのシーンを書いたのはね、陽がどんな言葉をかけてくれるのか、知りたかったから」

「わたしの言葉？」

「樹は陽をモデルにした。だからいなみ先輩は、私とミーコ、そしてナツの一部分を含んだ、3人分のモデルにしようと思った」

いなみ先輩というキャラクターから感じる、ときに樹の予想を飛び越える大胆《だいたん》な部分、たとえばプールでいきなり飛び込んだり、あれはナツをモデルにしたものだ。

そしてどこかあざとく、樹をからかう仕草は、ミーコをモデルにしたもの。

大人しい口調で、樹に読み取れない深い涙を流す部分は、いおりをモデルにしたもの。

なんとなく、気づいていた。

いなみ先輩とは、いつも部室で過ごしてきた、彼女たち3人のことだと。

「映画をつくることになったあと、私、陽に電話をしたでしょ？　脚本を書けるか悩んでいた私を、励《はげ》ましてくれた」

いおりは続ける。

「あのとき、陽の言葉がとてもうれしかった。ずっとそばにいてくれたひとの励ましだったから、余計に自信がついた。だからもしも、ミーコやナツにも何か抱えているものがあるなら、それを励ましてあげられるのは、きっと陽なんだろうなって思ったの」

「私が、できるかな」

「3年生になるまで、陽はどこか、自分の意見を言うことを避けていたでしょう。俯瞰《ふかん》して私たちを見てくれていたというか。だから、誰よりも私たちのことをわかってくれている。そんな気がした。陽は映画をつくって、これが一生の思い出に残るようにって、願っているでしょう?」

「うん」

みんなの記憶に残り、忘れないでいてくれる、そんな存在に、お互いがなりたい。わたしがぶちまけた、思いっきりのわがままだ。

「いつか映画を観返したとき、陽がこれから撮るシーンでいなみ先輩にかける言葉は、きっと私たちにとっての励ましにもなると思うの。だから」

「だから?」

「期待してるね」

「結局プレッシャーかけられただけだこれ!」

相談したつもりだったのに。解決策を見いだせると思ったのに。言葉を教えてもらえると思ったのに。落ち込むわたしの頭を、よしよしと、撫《な》でてくる。やけ食いで、いおりの持っていたクレープを奪い、がっついた。頰についたクリームを、いおりがぬぐってくれて、恥ずかしくなった。いったん落ちつこう。

「そういえばあんた、最近トランスレーションしなくなったわね。相変わらず、そうやって考え込む癖《くせ》は直ってないみたいだけど」

いおりとの会話を聞いていたのか、前から振り返り、ミーコが言ってきた。指摘されてみれば、そうかもしれない。自制は利《き》くようになった。不安を抱くことが、あまりなくなったともいえる。あるいは、ストレスに強くなったのかもしれない。ウィッグをかぶってあちこちで撮影させられたから、そういうメンタルは、鍛えられた自覚がある。そしてさらに指摘されたとおり、考え込む癖は確かに直っていない。直ることはなく、性格だからしょうがない。

「だって、大きなシーンなんだよ。セリフもわたし次第って、それってつまりわたしの演技でシーンの良し悪《あ》しが決まるってことでもあるじゃん」

「まあ、そうね。絵コンテだとあたしは背中しか映らないから、関係ないけど」

「もう。他人事《ひとごと》だと思って。ちなみにミーコだったら、どんな言葉をかける？　別れのシーン、去っていくいなみ先輩に抱きついて、一言」

「言葉はかけない。あたしだったら、好きなひとはそばに置いておきたい。だから、誘拐《ゆうかい》とかするかも」

「あー、ミーコはやりそうだ」と、横からナツも会話に参加してくる。

それから話題がそれて、「誘拐」という要素が加わった映画で、もっともすぐれた映画は何かという議論になった。話題をそらされた身としては乗り気じゃなかったが、最後はわたしも加わり、文化祭そっちのけで白熱してしまった。

結局、『卒業』ということになった。

夜、ベッドに寝ころびながら、脚本と絵コンテを広げて交互に見直していった。何か言葉を見つけるための手がかりがないかと思ったが、ぴんとくるものはなかった。

だけどこうして見直してみると、ずいぶん、撮ってきたなぁと思う。ナツ監督ほどではないけれど、わたしも自分のセリフやしぐさの部分にマーカーをいれたり、ページのところどころでは、端を折った跡もある。

ページをめくるたび、そこで撮った映像や、背景が浮かび上がる。校舎のなか、廊下や教室、いつもつかっている部室、プールや、オープンキャンパスの構内、夏祭り、河原、そしてミーコの件でひと悶着《もんちゃく》あった、日本家屋。

撮影のときの緊張、ウィッグをかぶってむれた頭皮。セリフを噛《か》んで、NGをだしてみんなに怒られたこと。いい映像が撮れたあとはみんなで喜んで、最後に恥ずかしそうに眼をそらしたこと。ぜんぶが、よみがえる。

しわくちゃになったページと、まだそれほど読み込まれていない部分のページ。シーンごとに撮影しているわけではないので、それぞれがごちゃまぜになっている。だけど、日々を過ごすたび、きれいなページがひとつずつ、着実に減っているのがわかる。すべてのページにマークや折れた跡がついたとき、この映画は完成する。

表紙に戻り、そのタイトルをあらためて目に刻む。『タイタニックは部室のなかで』。しっくりくるタイトルだと思う。わたしたちの同好会は、日々、『タイタニック』を部室で鑑賞するような活動だった。

脚本の最初には、作者であるいおりの名前と、作成された日付が記されている。０４１２。つまり4月12日。あれからもう、半年が経ったというのが信じられない。そしてこれからの半年はさらに早く過ぎていくだろう。

半年後、わたしたちはもうあの部室にはいない。とっくに卒業をして、進学先の大学(受かっていればだけど)で、新しい生活を始めている。同じ大学、まして同じ部活ではないのだから、毎日のように会うことはかなわない。

そう、会えなくなる。

みんなと離れたら、どんな気持ちになるだろう。それは、抱いた感情は、どんな言葉に置き換えられるだろう。

「わたしは……」

ぴぴぴ、とそのとき、アラームが鳴って、思考が途切れる。受験勉強の時間だった。毎日、1時間以上はすることに決めていた。携帯を開き、アラームを止める。

高校3年生。受験勉強のためにつく机のはしに、見えない砂時計を感じる。


ナツが撮影スイッチをいれる。

カメラの向けられた先には、校門に立てかけられた『卒業式』の立て看板。撮り終えて、すぐにナツが叫んだ。

「はい撤収《てっしゅう》！　早くもどすぞ！」

4人で隅をひとつずつ持ちあげ、備品倉庫へ走り抜けていく。こういうときだけ、妙に息があい、あっという間にしまい終えることに成功する。もちろん無許可で、ばれれば追及されることは間違いない。

卒業式の場面で、どうしても必要なカットだった。文化際の代休で、生徒や教員のほとんどいない今日を狙い、美化委員のいおりがカギを持ちだし、倉庫から『卒業式』の立て看板を持ちだした。

緊張のひと仕事を終えて、力がぬけたわたしたちは、校舎の壁にもたれるように座る。近くの草陰に、昨日の文化祭で使ったであろう段ボールの看板の一部が、片付けられず転がっていた。

「いまいちだったな、今回の文化祭」

ナツがもらす。

「キャンプファイアーなんてもちろんできないし、後夜祭も教員が目を光らせてて、それほど盛り上がらなかったし。軽音学部の最後の曲なんて、バラードだぞ、バラード」

「最後に学園長がわざわざ登壇《とうだん》して、文化祭の終了を告げるとかいう演出もさむかった」

ミーコが言った。

「電気節約だとかいって、真っ暗ななか片付けさせられたクラスもあるらしいよ」いおりが言った。

なんだか文化祭の愚痴《ぐち》を聞くと、自分まで否定された気分になり、さびしくなるのはなぜだろう。文化祭の実行委員で走りまわったわけでも、模擬店《もぎ》の運営に積極的に関わっていたわけでもないのに。不思議な気持ちだった。

2日間の思い出を語り合っていると、とうとつにナツが立ちあがった。

「じゃ、撮るぞ。クライマックスシーン」

どきりと心臓が跳ねた。いよいよだ。みんなに遅れないよう、もってきたカバンから急いでウィッグをだす。制服はあらかじめ着ておいたので、着替える必要はない。

いつものように髪をまとめようとするが、うまく手が動かず、何度も失敗してしまう。気が、急《せ》いていく。はじめてのときでも、これほど緊張はしなかった。

ナツがミーコの衣装チェックにまわっていた。制服の胸元には、花屋で買っておいたというコサージュをつけている。いいタイミングだと思い、いおりに髪をまとめるのを手伝ってもらった。

「陽、髪伸びたね」

「そうかな」

「まとめるの、大変だったね。気づくの遅れてごめんね」

少しだけ泣きそうになった。目に砂がはいったフリをして、目元をつねって、なんとか耐えた。

ウィッグをつけおえて、いおりに正面からチェックしてもらう。いおりはわたしの髪のあちこちに視線をせわしなく行き来させているので、目があうことはない。

ミーコがさきに準備が終わった。校門前に移動していく。立ち位置はもう把握《はあく》している。わたしが昇降口からいなみ先輩を呼び、その声でいなみ先輩が立ち止まる。わたしが走って、追いかけて、振り返るいなみ先輩を、そのまま抱きしめる。

そして、

「かける言葉は決まった？」

いおりが訊いてくる。わたしは答えられなかった。言葉がでてこなかった。自分だけ、サイレント映画のなかに放り込まれた気分だ。口を開いても、すぐに閉じて、そうやってぱくぱくと繰り返していると、彼女が笑った。

「いってらっしゃい」

身だしなみを整えられて、まるで何かの旅立ちみたいに、見送られる。昇降口に向かうだけなのに、ここはいつもの学校なのに、これほど不安なのは、どうしてか。途中で何度か振り返る。ナツが早くしろー、とうっとうしそうに手を振ってジェスチャーを送ってくる。もう、本当にデリカシーがない！　察してよ！　思わずヒステリーになりそうだった。

「ミーコが歩きだすのが合図だから、適当なところで呼び止めろー」

ナツの大声に、無言でうなずく。カメラは校門側から回していく手はずだ。画面のなかの自分たちを想像する。カメラ側に歩いてくるいなみ先輩。さびしそうな顔で、うつむく。呼び止めるわたしの大声。そう、わたしが止めないと、彼女は行ってしまう。

「『いなみ先輩！』」

叫ぶと、歩き始めたいなみ先輩がとまる。

彼女に向かって。

みんなに向かって、わたしは走りだす。

『かける言葉は決まった？』

決まらなかった。最後まで決まらなかった。そしていま、こうして撮影も始まってしまっている。走りだし、あと数秒もすれば、いなみ先輩を抱きしめることになる。

NGはだせない。一発で決めたい。いおりが、わたしのために用意してくれたシーン。何度も繰り返すところじゃない。失敗なんか、したくない。

『みんなで映画を撮らない？』

聞こえてくるのは、自分の声。3年生になったわたしたち。部室で、みんなに打ち明けた。映画を撮ろう、と。

『あんたたちが、いてくれるんでしょ』

これはミーコの声だ。藤堂《とうどう》さんの家で撮り終えて、帰りに彼女が、かけてくれた言葉。嬉しかった。

『最近はたまに考える。撮影が終わったら、どうなるんだろうなって』

ああ、ナツの言葉。つい最近の。

『友達の定義って、なんなんだろな。ありふれてよく使われるけど、どこからどこまでが友達なんだろうな』

さびしかった。友達って、それはわたしたちのことだよ。そう言いたかったけど、口にするのが怖かった。否定されたらどうしようかと。これまでの努力が無駄だったと、つきつけられるようで。

ミーコが振り返る。

ナツが振り返る。

いおりが振り返る。

その姿がスローになって、いなみ先輩のゆれる髪に、ひらりと舞うスカートに、目を奪われる。

走る勢いが調節できなくて、抱きつくというよりは、飛び込む形になってしまった。やばい、と一瞬思ったが、いなみ先輩はしっかりとわたしを支えてくれた。

ぎゅうう、と、ありったけの力をこめた。苦しかったかもしれない。重かったかもしれない。

みんなにかけたい言葉。

気づけば、あふれていた。

「もっといたい。みんなと一緒に、いたい」

一言でなんて、とてもおさめられない。

かまうものか。

カメラが回っていようと関係ない。

「あの部室で、ずっと映画を観ていたい。ナツと、ミーコと、いおりと、みんなで語り合っていたい。笑い合っていたい」

伝えられるのがいまだけなら、ありったけを。

時間が止められないなら、この瞬間にぜんぶをこめて。

「離れたくない。さびしいよ。みんながいなくなる日常が、想像できない。とても怖い。不安で、仕方がない。この映画が永遠に続いてくれたらいいのに」

かなわない願いであることくらい、わかってる。

だからせめて、後悔《こうかい》しないように抗《あらが》いたい。

そう思って誘った。映画をつくろう、と。誘ってみて、よかった。

「だから。わたしはみんなが、大好きです」

言い終えて、満足した。

ああ、これを伝えたかったのだと。

何気ない言葉。口にすれば恥ずかしくて、日常だったら、顔をおおいたくなる。大好き。たったそれだけの言葉。でも、すべてだと思った。

そっと視線をあげて、カメラを見る。三脚で固定され、しっかりと向けられている。横に立つナツを見て、あ、声をあげそうになった。

茫然とこちらを見つめ、目が合う。ナツはそれからすぐ、自分が涙を流していることに気づいたようだった。あわてて目元をぬぐうが、涙がまたあふれてくる。あれ、なんで、とナツの声が聞こえる。カット、カットかけなきゃ。言いながらカメラに手を伸ばすが、その間も涙があふれる。ナツは必死に隠そうとして、また目元をぬぐいだす。

ついにはうずくまり、声をあげて、泣いてしまった。

いおりが代わりにカメラに手を伸ばし、「カット」の合図をかけて、撮影を止めた。

ナツはまだ泣いていた。かけよろうとしたが、抱きしめたミーコが、わたしを離さなかった。いおりもほほ笑んで、それを見つめていたが、やがて瞳に涙がたまりだす。

「あんた、ずるい」

ミーコのか細く、震える声が言った。肩を震わせていた。わたしはそのまま彼女を抱きしめ続けた。そうすると、今度はわたしにも涙があふれだす。

映画になって流れるころには、いまのわたしの言葉はカットされ、無音になっている。

でも、それでいい。それがいい。映画は物語を通して、何かを伝えるためのものだけど、本当に伝えたいことは、言葉にはださない。

最初に泣きだしたナツが、最後に泣きやんで。

落ちつくころにはみんなで笑い。

クライマックスは、そうやって撮り終わった。

3

12月。

いおりとミーコの推薦《すいせん》合格が決まった。祝勝会と、映画のシーン撮影をかねて、部室でクリスマスパーティをおこなった。ガスコンロ、鍋《なべ》の具材、買ってきたケンタッキーなど、ばれれば、最悪停学処分のオンパレードだった。

夕方の5時をむかえると、あっという間に真っ暗になる。風がもれる窓際には誰も近寄りたがらない。電気ストーブが近い席の奪い合いは、毎日のように。

「あたしといおりをねぎらいなさいよ！　受験も終わった組がストーブ側に座る」

「それならこっちをねぎらえ！　あたしと陽は受験を控える大事な時期なんだぞ」

ミーコとナツが取っ組みあう。やがて暑い、疲れた、とお互いがストーブから離れていく。そのすきをついて、いおりとわたしがこっそりストーブ側の席につく。気づいたミーコが指摘して、今度はナツとタッグで攻めてくる。今日も賑《にぎ》やかな部室だった。来月にはセンター試験がひかえている。ひとりになるたびに点数が取れない想像をして不安になるけど、みんなでいる間は、平気だった。最近はお守りのように、カバンには赤本をしまっている。

「そろそろ撮るぞ」

ナツが言いながら、テーブルに散らかった食べ物を片付けていく。ぜんぶをきれいにするのではなく、あくまで、樹といなみが2人で過ごしている程度のにぎやかさに整える。ケンタッキーのチキンの数を減らしたり、鍋の量やおわんの数を減らしたり、相変わらず、ナツは細部までこだわる。

樹といなみ先輩が向かい合い、2人きりのクリスマスを楽しむ。1台しかない電気ストーブのそばには、いなみ先輩が座る。いなみ先輩は冷え性で、ひざに毛布をかけている。

このシーンでは、ふたつのことが明らかになる。

いなみ先輩が大学を合格したこと。

そして、樹がいなみ先輩と続けていた映画を、撮り終えたこと。ここから別れがいよいよ加速していく、そういう場面。

ぴぴ、とカメラが鳴る。撮影開始。ご自由に始めて、とナツがリラックスした様子でジェスチャーする。わたしとミーコもすっかり慣れて、自然なタイミングで始める。

いくつかの会話をして、いよいよ、いなみ先輩が語る。

「『樹くん。わたし、大学が決まった』」

「『そ、そうですか。やったじゃないですか！　おめでとうございます！』」

喜び、笑顔になる。だけどそれはぜんぶフリ。わざとらしく、大げさに。いなみ先輩のためにオレンジジュースを紙コップにそそぐが、動揺《どうよう》しているせいで、あふれてしまう。

今回は同じ画角からしか回されない。カットも切り替えない。テーブルをはさみ、右にいなみ先輩、左に樹。２人が会話をするだけ。長回しで、すべて撮り終える。

オレンジジュースを片付け終えて、落ちつき、そして今度は、樹が告白する。

「『映画、撮り終えました』」

「『そっか。よかった』」

「『編集して、卒業までにお渡ししますね』」

「『楽しかったね』」

完成した映画を焼いたディスクを渡すシーンは、すでに4月の時点で撮っていた。あのシーンとここが、うまくつながるか、ナツの手腕に期待する。

「カット」

と、ナツが声をかけた。スイッチを切るように、わたしもウィッグを外す。

撮った映像を確認し、オーケーがかかる。ミーコといおり、そしてわたしも確認する。

撮り終えたあと、みんなで映像を確認する、この静かな時間がいつも好きだった。

「とりあえず、今日撮れるのはこれで終わりだな」ナツが言った。

「あと何カット残ってるの？」ミーコが訊いた。

それほど数は残っていないだろう。細かいスケジュールはぜんぶナツが管理しているから、わたしもすべては知らない。けど、きっと、終わりも近い。クランクアップはすぐそこだと、ひしひしと感じる。

ナツはミーコに質問されたから、ずっと絵コンテと脚本を確認していた。みんなで待っていると、途中から、おや、とつぶやき、顔つきが変わったのがわかった。めくるスピードが早くなっていく。

やがて脚本と絵コンテをテーブルに置いて、気まずそうに、頭をかきだす。ナツがそうっと、こちらに顔を向けて、とうとう言った。

「いやあ、終わってたみたいだ」

「えええ！」

3人同時に、声をあげた。

終わった？　最後だった？

「っていうことは、いまのでクランクアップ？」わたしが訊いた。

そういうことになるな、とナツが答える。なにがそういうことよ！　と、ミーコがとびかかっていく。

「ちゃんとそういうの、チェックしときなさいよ！」

「お前らだって他人任せにしてただろうが！　大事な部分だと思うなら、自分たちでもチェックしとけよ！」

なんという終わりかただろう。こんなにあっさり。

ひしひしと感じるどころではなかった。きっと、終わりは近い。とかひとりで気取って、心のなかでつぶやいていた自分に恥ずかしくなる。

ナツがしきりなおすように、ほら、と手を叩く。

「ま、まあいいじゃんか。ちょうどテーブルも賑《にぎ》やかだし。ミーコといおりの合格祝いと、クランクアップの打ち上げだ」

「何がちょうどいいよ。もっとこう、感慨《かんがい》とかあるでしょうが」ミーコが言った。

「まあ、とにかく無事に終わってよかったじゃない？」

いおりちゃんがなだめようと、続く。

「あとはナツが編集してくれるから、私たちはそれを待とうよ」

なんとなく、あいまいなままにクランクアップしてしまったけど。想像とは違って、あっさりとしてしまったけど、それも自分たちらしいのかもしれない。

「ということで、あたし、ちょっとトイレ」

ナツが苦笑いして部室をでていく。わたしの横を通り過ぎる瞬間、ちらりと見えた表情で、あ、と気づいてしまった。ナツがでていってすぐ、思わずあとを追った。

廊下《ろうか》の途中でナツを呼んだ。点滅する蛍光灯のしたを通り過ぎて、彼女に追いつく。横に並び、一緒にトイレに向かう。タイミングを見計らい、そっと尋ねた。

「知ってたんでしょ、今日がクランクアップだって」

「な、なんのことか」

わたしの不意打ちの質問は、どうやら効果があったらしい。ナツはわかりやすく戸惑って、そんな自分に後悔するように、溜息をつき、最後は観念した。

「いいだろ。別に。撮影に支障はないんだし。なんかああいうの、恥ずかしいというか、くすぐったいというか、苦手なんだよ」

「またあのときみたいに、泣いちゃうから？」

「うるさいな。お前らだって、泣いてただろうが」

２か月経ったいまでも、語り草である。あのときは、みんなが泣いていて、不思議な空間だった。神様がわたしたちに、ああいう時間が必要だと与えてくれたみたいな、そういう特別さを感じた時間だった。我に返って、涙をぬぐい、みんなで笑った。

「なあ。編集は、受験が終わってからでいいよな」ナツが言った。

「うん。みんなでやろう」

話を終えて、トイレの手前で引き返し、部室に戻っていった。


１月になった。初詣《はつもうで》にいった神社の階段で足を踏み外し、転びそうになった。くじいただけで、落ちなかった。縁起《えんぎ》でもなかった。

センター試験の会場まで、いおりとミーコがついてきてくれた。ナツも今日だけは緊張した顔つきだ。わたしは制服のポケットにいれた受験票がなくなっていないか、10分置きに確認し、みんなに笑われた。

緊張で手がしびれて、最初はマークシートをうまく塗りつぶせなかった。でもだんだんと慣れてきて、あっという間に試験が終わった。帰り道、ナツとふたりで赤本をコンビニのゴミ箱につっこんだ。普段はしないような、悪さめいた行為に、気分が高揚《こうよう》した。

下旬になって、大学のサイトで合否通知が発表された。受験ぎりぎりまで、てっきり会場にいって自分の番号を確認しに行くものだとばかり思っていた。サイトを開き、アクセスが集中しているのか、ログインがなかなかできずじらされる。ようやく開いたページに、合格をつげる文章を見つけて、ひとり部屋でとびはねた。

合格が決まったら、みんなで映画を3本はしごしようと約束していた。メールと電話、どっちでもみんなに知らせようと考えていたら、ナツからメールがきた。

『映画にいくぞ』

もう1回とびはねて、初詣でねんざした足首を、また痛めた。

2月。

受けるべき授業もすべて終えて、いまは自由登校期間に入っていた。ようするに、「きてもこなくてもいいけど、どうせお前ら学校にはこないだろ」週間である。

わたしたちは律儀《りちぎ》に学校にきて、そして部室でまどろんでいた。映画を観て、お菓子をつまみ、ときどき思い出したように、映画製作にとりかかる。といっても、残る作業は編集だけ。それもほとんどはナツが行う。任せっきりはなんとなく悪いのと、完成の場に居合わせたいという思いから、なんとなく、全員で集まっている。

ミーコといおりがもたれあって、居眠りを始めた。わたしはナツの編集作業を横で見学していた。編集の画面はちょうど、あのクライマックスのシーンを映していた。わたしがいなみ先輩を呼び、そこから駆けてくる。抱きついたところで、無音になる。口が開き、何かをしゃべっている。わたしは心で思っていることを、そのまま通訳した。内容を知っているのは、ここにいる4人だけ。

「友達や仲間って、どういうものか、よくわからなかった」

ナツが言う。

「でも、こういうときに泣けるのが、友達なのかなって思ったよ」

ナツ、とそっと彼女の名前をつぶやく。わたしが先を続けようとしたところで、ポップコーンを口につっこまれた。何も言わないでいいらしい。

そこからのナツの作業は早かった。カチ、カチ、カチ、とすばやくマウスをスクロールさせて、クリックを繰り返す。シーンのつなぎ、音楽の挿入、セリフのノイズキャンセル、シーンを巻き戻して、確認。延々と、続く。かに思われた。

「そろそろミーコといおりを起こせ」

ナツの言葉で、すべてを悟った。あわててテーブルの向かいに移動して、２人の体を揺らす。２人もわたしの表情で気づいたのか、ナツのそばに集まっていく。

そして、時間がとまったみたいに部室が静かになって。

ナツが最後のエンターキーを押す。

「完成」

カーテンをしめきって、部屋の明かりを消し、テレビにつなぐ。テーブルに広げられたお菓子には誰も手をつけず、全員が画面に、くぎ付けになる。

「じゃあ、上映するぞ」

最終章

群青ロードショー

Gunjo Roadshow

Hotori H

1

最初のカットは学校の外観。校舎を見下ろした画で、屋上から撮ったのだとわかった。続く騒がしい教室と、チャイムの音。放課後になり、教室から生徒たちがでてくる。こんな場面、いつの間に撮っていたのかと、思わずナツのほうを向く。いいから観ろ、と顔をつかまれ、画面に戻された。

廊下から、やがて旧部室棟に移動する。そしてわたしたちの部室が映される。部室のなかでは、女子生徒が頰杖《ほおづえ》をついて、テレビを観ている。いなみ先輩。ヒロイン。流れているのは映画だ。カットが切り替わる。部室のドアが開き、樹《いつき》があらわれる。

「今日は何を観ているんですか、いなみ先輩」

「おつかれ、樹くん。『タイタニック』だよ。えへへ、ひとりで観ちゃってた」

初めて演技をしたカット。懐かしさでもっと観ていたい気持ちと、恥ずかしさで、顔を覆《おお》いたくなる気持ちがせめぎあう。あれからもうすぐ1年が経つのだ。本当に早かった。

2人は映画談義を始める。やがて会話が、いなみ先輩の学年の話になり、樹はあこがれの先輩が3年生になり、来年にはこの部室にはもういないことをつきつけられる。

『来年、この部室にはもう先輩はいない。僕はまだ、想いを伝えられずにいる』

わたしのナレーションが入る。いつの間に撮っていたのだ！　と、いおりとミーコが同時に振り返ってきた。ナツと夏休みの間に集まって、こっそり録音していたのだ。同じ映画を撮っているはずなのに、メンバーによっては知らない部分があるというのが、なんだか面白い。

ナレーションが終わると同時、画面に大きく、タイトルの文字が浮かぶ。

『タイタニックは部室のなかで』

続いてサウンドトラックのピアノの旋律。夏休みにあつまって、みんなで音源を収録した。そのうちのひとつが流れている。これは誰が演奏したものだろう。いおりかな、ミーコかな、ナツか、それとも。

いなみ先輩は3年生になる。樹はとうとう決意し、帰り際、廊下で探していた彼女を呼び止める。

「いなみ先輩！」

樹（わたし）の叫び声寸前の呼びかけに、きょとんとした顔で振り返るいなみ先輩。

「い、樹くん？」

「一緒に映画を撮りませんか？」

「映画？」

「そうです！　映画です！　いなみ先輩を主演にした、短編映画。ストーリーはとつぜん人類が消えた世界で、いつものように授業受けて生活しようとする女子高生の話」

樹が間髪《かんはつ》いれず映画の説明を続ける。いなみ先輩はところどころで口を挟もうとするが、樹がそれを許さない。

開いている窓から風が入ってきて、彼女の髪が静かに舞う。

いなみ先輩がやさしくほほ笑み、答える。

「いいよ、やろう。映画を撮ろう。樹くん、私を撮って」


樹といなみ先輩は2人の時間をつむいでいく。世界からひとがいなくなったという設定のその映画は、撮影の樹が演者のいなみ先輩と2人きりになる口実をつくるために、即席でつくられた設定だ。樹の思惑どおり、彼は何度もいなみ先輩と2人きりになる。手持ちのカメラを回し、彼女を撮る。その大義名分で、彼女を見つめ、ひとりじめにする。

夏にはプールにしのびこんで、撮影。だけど樹の予想をとびこえて、いなみ先輩はいきなりプールに飛び込む。驚く樹。

「い、いなみ先輩！　大丈夫ですか⁉」

「ほら、ちゃんと撮って」

樹はいまだ心の整理がおいつかず、彼女の行動にあっけにとられたままだ。一方のいなみ先輩は対照的である。シーンを撮り終えて、樹がカメラを止める。

「気持ちいいよ。樹くんもおいで」

「カメラがあるから無理ですよ」

「とってもきれいなのに」

樹のこともおかまいなしに、そのままいなみ先輩はプールに浮かぶ。夏の光を、全身で浴びる。樹はしばらく、見とれてしまう。こんなに美しい女性を、ほかに知らない。

夏休みになると、部室にもいかなくなり、２人の会う回数も減る。

そんななか、いなみ先輩が受験の息抜きにと、樹を祭りに誘う。良い雰囲気《ふんいき》になり、２人は河原に移動する。樹はそっと、いなみ先輩の手の甲に指をのせる。手をつなごうとして、そして、いなみ先輩は涙を流す。

『傷つけてしまったと思った。僕なんかに、触られたのが嫌だったと。どこまでも浅い僕は、そういう考えにしか、至らなかった』

わたしのナレーション。

そして去っていったいなみ先輩のあとを、樹は追う。以前から遊びに誘われていた家に、意を決して訪れる。やってきた家は、あの藤堂《とうどう》さんの家。

横目でそっとミーコを見た。彼女は無表情だった。でも、きっといろんな思いが、よぎっているはずだ。画面に意識を戻す。

庭の縁側で、うずくまるいなみ先輩を見つける樹。家は真っ暗で、彼女以外は留守にしているようだ。樹はおじゃましますとつぶやいて、玄関の門を開けて、庭に向かう。いなみ先輩は変わらず、うずくまったままだ。

「いなみ先輩」

返事はない。

数拍置いて、樹は続ける。

「すみませんでした、本当に」

深く、頭をさげる。やがて答えが返ってくる。

「樹くん。大丈夫。許してあげる。もう、怒ってないから。あなたと過ごした時間があるから、いまのわたしがある」

樹は最後の言葉でようやく気づく。

別れをさびしいと感じていたのは、樹だけじゃなかった。いなみ先輩も、離れたくないと、思ってくれていた。


文化祭を2人で過ごし、やがて月日が過ぎていく。楽しいと思うたび、切なさがこみあげる。

クリスマスパーティでは、いなみ先輩が大学の合格を決めたことを樹に報告する。樹も撮影が終わったことを、いなみ先輩に告げる。

『好きだ。たった一言。それだけなのに、告げられない』

『困らせてしまうから。悲しませてしまうから。別れが、つらくなってしまうから』

『何より、自分が傷つくのが、怖いから』

やがて年が明けて、学校が自由登校週間になる。いなみ先輩は部室にこなくなる。樹はひとり、部室で映画をながめる。

とうとう、卒業式がやってくる。カットは校門の前に設置された、『卒業式』の看板。そして体育館にあつまった生徒の列。中身は夏休み後の始業式だ。けれど、映ったのも一瞬だったからか、それほど違和感がない。

樹は、部室にやってきたいなみ先輩に、完成した映画DVDを渡す。コサージュをつけたいなみ先輩。ありがとう、と短く告げて、部室を去っていく。カットが切り替わり、たったそれだけ？　と樹はきょとんとした顔。

樹はおろしかけた腰を持ちあげ、部室を飛びだす。走りぬけていく。

やがて昇降口前にたどりつく。

カットが切り替わり、校門側から、去ろうとするいなみ先輩の顔。樹に呼ばれ、はっとした顔になる。

画面の奥から、樹が走ってくる。いなみが振り向き、そして抱きしめる。それまで奏でられていたピアノの音が、ぴたりとやむ。

樹の口元がそっと動き、言葉をつむぐ。いなみ先輩の表情は、映さない。でも、その腕がまわり、樹を抱き返しているのがわかる。それが返事だ。

1年後、と文字が画面にあらわれる。映像が上空から降りてきて、大学の外観が映る。門や構内、学生食堂。いなみ先輩の通っている大学だ。

チャイムが鳴って、教室から、いなみ先輩がでてくる。カットが切り替わり、いなみ先輩はベンチに座り、カバンにしまっておいた本を読みだす。撮ったのは夏だけど、風が吹いて、涼しそうに見える。

彼女の体に、そっと影がかかる。いなみが見上げ、ほほ笑む。

「遅いよ。待ってたんだから」

待ち合わせに遅れたこと、そして大学で彼が入学してくるまで待っていたこと、2つの意味を重ねた言葉。

「ごめん、ちょっと迷っちゃって」

「入学してまだ3日だもんね。わたしが案内してあげる」

そう言って立ちあがり、2人は並んで歩く。

カメラの画面から2人の背中が遠のいていく。カメラは動かず、同じ位置で2人を見つめる。自然なしぐさで、2人が手をつなぐ。夏祭りのとき、つなぐことのできなかった2人の手が、ようやくつながれた瞬間だ。

そして2人は、構内の奥へと消えていく。

2

上映が終わり、画面がスリープ状態に変わり真っ暗になっても、わたしたちはしばらく茫然としたままだった。お互いに、誰かが何かを言うのを待っていたみたいだった。それでこの魔法が解けると、信じているみたいに。もしかしたら、誰も何も言わず、この恍惚《こうこつ》とした時間が、延々に続いてほしいと願っているみたいに。

ナツが立ち上がり、部屋の明かりをつけた。カーテンの奥はとっくに真っ暗になっていた。いつの間にか、下校時刻が過ぎていたらしい。

数秒置いて、いおりが拍手をした。泣きそうな顔だった。みんなでつくったものに違いないのに、自分が褒《ほ》められたような、誇らしい気持ちになった。照れ隠しなのか、ミーコも頬をかいた。

「まあ、いい出来だったよな」ナツがつぶやいた。

わたしもうなずく。

「途中から、普通に映画として観ちゃってた。ところどころ、ああ、こんなの撮ったなぁ、ってすごい懐かしかった」

「そういえばあのナレーション、いつの間に撮ってたのよ。びっくりした」ミーコが言ってくる。秘密にしていたナツと目を合わせ、一緒に笑った。

「は、はやくDVDに焼いて。絶対に焼いて。ちょうだい、急いで」

いおりがナツにすがりつく。わかったから、とナツがなんとかなだめようとする。長身のいおりがのしかかると、さすがのナツもふりほどけない。その様子がおかしくて、思わず笑った。物語をつくったいおりにとっては、感動がより大きかったのだろう。

『タイタニックは部室のなかで』の感想で盛りあがりながらも、帰り支度《じたく》をすませて、部室をでようとした、そのときだった。

こんこん、とドアをノックする音がした。普段は来訪者などまずありえない部室。そして下校時刻という微妙な時間。ドアの向こうの正体に、誰も思い当たらず、みんなで首をかしげる。

「どうぞ」と、ナツが声をかけた。

ドアがそっと開くと、丸い顔に、眼鏡《めがね》をかけた男性があらわれた。どこかで見たことがあるが、すぐには思い出せなかった。

「カーネル・サンダース？」

気持ちはわかるけども、口にする勇気はなかった。さすがはナツだった。男性は苦笑いしつつ、自分の正体に気づいてくれるのを待っている様子だった。

「とつぜん、すまないね」

その声を聞いて、ようやく正体に思いいたった。知っているどころではなく、わたしたちはこの男性を、学校生活で何度も目にしている。

「学園長、ですよね」いおりが答えた。

ああ、とミーコとナツが、同時に納得したような声をだす。女子高生を狙った不審者かと一瞬でも疑いかけたことはそっと胸の奥にしまうことにする。

「女子高生を狙った不審者かと思いました」

さすがはナツだった（2回目）。

正体はわかり、ひとまず警戒はときつつも、しかしいまだに疑問はぬぐえなかった。どうして学園長が、こんなところにやってくるのだろう。

「最近、噂《うわさ》をよく聞いていたんだ。映画を撮っている生徒たちがいるとね。教師や一部の生徒が、よく口にしていた。それでようやく、研究会があることを思い出したんだ。もしかしてと思って、訪ねてみた」

「はあ、そうですか。ご用件はそれだけ？」ナツがぶっきらぼうに答えた。

「まあまあ、そううっとうしがらないでくれ」

学園長は部室に1歩入り、あたりを見回す。棚《たな》におさまった映画を1枚手に取り、懐かしいな、とつぶやく。

「おお、これも。これも面白かったな。ここは宝箱みたいな場所だ」

「あのう……」ナツがまた声をかけて、学園長が我に返る。

DVDをすべて棚に戻し（場所がばらばらだった。あとで元の位置に戻さないと）、こちらに向きなおる。そして言ってきた。

「なに、実は私も映画に凝《こ》っていてね。それでよければなんだが」

一息おいて、こう続けてきた。

「きみたちの映画を、観させてもらえないかな」


校門を抜けたところで、いつもならミーコとナツ、わたしといおりペアで解散する。だけど今日は別で、ミーコたちがついてきてくれた。街灯の少ない道が途中にあり、冬の時期は真っ暗で不安になる。いおりと帰るときはいつも小走りで通り過ぎるが、4人でいると不思議と平気だった。

「それで、どうする？」

暗闇のなかで、そっともらした。返事がないので、思わず横を見ると、街灯に浮かぶ3人がちゃんといた。やがてミーコが答えた。

「見せるくらいなら、いいと思うけど」

「そうじゃなくて、陽《ひなた》が言ってるのは、そのあとのことだろ」

ナツが続く。

映画を観せる。観せて、そのあとのこと。

学園長はこう言ってきた。

「もし内容がよければ、卒業式の日に、檀上《だんじょう》のスクリーンで流してもいい。かねがね私は思っていた。学校からの予算がまったくでない同好会であろうと、生徒の意志さえあれば、いい活動はできるのだと。今回、きみたちの映画でそれを学園に証明したい」

わたしたちはお互いに顔を見合わせる。それが良いことなのか、わたしにはよくわからなかった。みんなもすぐには判断できないようで、誰も返事をしなかった。

「明日でもいい。学長室で待っているから、観せてもらえるとうれしい。それと、冷蔵庫の設置は見逃すから、早く下校しなさい」

そう言って、学園長は去っていった。

暗い道を抜けて、コンビニが見えてくる。温かい肉まんとあんまんを4人で買って、そのまま駅へ向かう。3年生になったばかりのころ、あれだけ買い食い禁止の校則におびえていた自分はもういない。

「卒業式に流してもらえるなら、大きな思い出になるんじゃないかな」わたしが言った。

全校生徒に自分の男装がさらされるなんて、考えるだけで、もだえる。映画をつくり始めてすぐの自分なら、間違いなく即却下《きゃっか》だ。でも、卒業式で流れるのなら、みんなの記憶にもきっと残る。わたしの思い出が、より強いものになるのなら。

「あたしはどっちでもいい。自分の顔に自信あるし。そもそも、卒業式で映されるかどうかも決まってない。それなら観せるだけ、観せればいいと思う」

「もしも批判されたら？」いおりが訊いた。

「批判が怖くて、映画がつくれるか」

答えたのは、ナツだった。監督はどうするか、決めたようだった。

「観せるだけ観せてみよう。まあ、どうせあの学校の学園長のことだ。くだらないとかいって、手のひらを返すに決まってるよ。同好会の素晴らしさを広めたいとか、うさんくさいことも言ってたけど」

いおりは少しだけ難しい顔をしていたけど、だけど最後には納得したように、観せるだけなら、とうなずいた。

「まあ、ほんとうのところ、どっちでもいいんだよな」

ナツが言う。

「映画はもう完成した。あたしたちはそれを観て、満足した」

確かにその通りだった。それで気持ちが楽になった。ミーコも緊張がとけたように、伸びをする。いおりにも笑顔が戻る。

わたしたちのこの1年間が映画なら、もうクライマックスは迎えていて。あとはエピローグを、どう締めるか。それだけのことだ。学園長が介入してくるという、思ってもみなかったことは起きたけど、わたしたちはとっくに、目的を達成している。

卒業式で流れようが、どうなろうが関係ない。

あれは、わたしたちの映画だから。


「と、息まいたはいいものの」

学長室の前で、かれこれ3分以上は固まったままだった。横並びになり、誰もノックをしようとしない。てっきりナツが突入するものかと思っていたら、ミーコに目くばせをしている。そのミーコがいおりに視線を向け、最後にいおりがわたしを見てくる。そしてわたしは固まったままだった。

「やっぱり否定されるのが怖い」

いおりが言う。

「臆病でごめん、でも、せっかく観せるんだもん、絶賛してほしい。それ以外の言葉を吐かないでほしい」

映画を観るのは自分たちだけ。だからこれまで、リラックスして撮影してこられたし、不安にならずに観ることができた。いまは、そのセーフティネットがない。気持ちの差に大小はあるかもしれない、けど、いおりの言葉は、真実だ。わたしも、ミーコも、ナツも、どこかでそう思っている。だからノックができない。

「ああ、もう、じれったい！」

限界をむかえたのは、やっぱりナツだった。そこからは早かった。こっちの心の準備もおかまいなしに、失礼します、とノックもせずドアを開けた。

学園長は、ガラスの棚の前に立っていた。わたしたちに気づき、おや、と声をあげた。

重厚な椅子《いす》とデスク。窓には、わたしたちの部室にあるものより何倍も厚く、高そうな布地のカーテン。ソファが2脚と、こちらもガラス張りのローテーブルひとつ。部屋の隅のテレビはつけっぱなしになっていた。

ガラスの棚から移動し、わたしたちをソファへ座るよう促してくる。ナツがＤＶＤを学園長に渡すと、わざとらしく笑顔になった。

「いま観てもいいかな？」

「どうぞ」ナツが答えた。

学園長がテレビのしたにあるデッキに、ＤＶＤを吸いこませる。わたしはガラス棚のなかに、映画ＤＶＤがいくつかしまってあるのを見つけた。どれもハリウッドの隆盛期、宗教関係のグループが、プロパガンダでつくらせた映画ばかりだった。高校生のわたしが観ると、それらは神話めいていて、少し説教臭《くさ》い映画だ。

学園長がコップを用意し、４人分のオレンジジュースをだした。職員室から持ってきたものだという。それぞれに並々とそそがれる。ミーコとナツが露骨に嫌そうな顔をしていた。わたしといおりでそれに気付き、静かに焦った。

学園長はそれでわたしたちの接待をすませ、自分の椅子につく。会話をするような距離でもなく、なんとなく、きまずい雰囲気《ふんいき》になる。学園長は気にしない様子で、ひとり、映画の流れるテレビに見入った。わたしたちの映画、『タイタニックは部室のなかで』。

映画は約30分。長さでいえば、短編の部類に入るものだ。部室で観ていたときはあっという間の30分だったのに、いまはかれこれ３時間はいるような気がした。オレンジジュースもとっくに飲み干し、トイレに行きたくなっていた。

　やがて映画が終わった。

「素晴らしいよ」

　画面の世界から戻ってきた学園長は、開口一番、そう言ってくれた。このひとは良いひとかもしれない。催眠《さいみん》にかかるみたいに、簡単に信頼しそうになった。つくったものをそのひとの前で認めるという行為は、ひとに警戒心を解かせる魔法と同じだ。

「普通に、映画を観ているような気分だった。舞台はうちの学校だね？　それを忘れるくらいだったよ。クライマックスも良かった。いなみと樹が、抱きあうシーン」

　DVDデッキからディスクを回収し、ケースにいれて、ナツに返す。受け取ろうとしたナツの腕を、学園長がつかんだ。びくっと、ナツの肩が震えた。

「きみが監督かな？」

「はい、ええ、まあ」

「そうだと思った。こっちの2人が演者だね。この子は？」

　学園長が、わたし、ミーコ、最後にいおりの順に視線をスライドさせていく。

「脚本を書いてもらっていました。なので、原作担当です」

「そうか。素晴らしい」

学園長は続ける。

「ぜひ卒業式で流させてほしい。どうだろう？」

ナツがこちらを向いて、確認してくる。表情はなかった。緊張で固まっているのか、それとも隠しているのか、それすらも判断がつかない。

どうせ否定されるだろうと、冗談混じりに昨日は話していた。もしも卒業式で使わせてほしいと言われたら。その答えは、決めていなかった。でも、意見は統一されている。口にしなくても伝わる。

「あたしたちは、別にどちらでもかまいません」ナツが答えた。

「それは良かった。ただし、ひとつ条件があるんだ」

「は？　条件？」

「きみが監督なら、私はいわばプロデューサーとでもいうかな、ははは。ようするに、全校生徒に観せても問題がないように、多少編集を加えてほしいんだ」

ナツが返事のために口を開きかけたが、閉じてしまった。彼女が言い淀《よど》むのを、初めて見た。しきりなおして、ナツは答えた。

「い、一応、これは完成していて。編集を加えるといっても、どの部分を？」

「全体的に、いまの長さの半分にしたい。つまり15分ほど。卒業式にも、一応スケジュールがあるからね」

15分。

いまの半分。

そんなこと、できるのか。

「カットできる部分はいくつか浮かんでいる。具体的にいうなら、プールの部分。いなみの服が濡れていて、その、下着が透けていただろう。あれは良くない。あとは部室で映画について語っている部分もカットできる。面白いところではあるけど、少し冗長だ。それから夏祭りのところ、手をつなごうとして、失敗するシーン。あそこも妙に艶《なま》めかしい。あまりふさわしくはない」

指摘してきた部分。カットをしろと言ってきた場面は、どれも4人で、考え抜き、試行《しこう》錯誤《さくご》してたどりついたシーンたちだ。無駄なところなんて、ひとつもない。

何が冗長だ。何がふさわしくないだ。すべてを受け入れたら、それはもう、わたしたちの映画じゃない。

「やってもらえるかな？　きみたちなら、できるだろう」

学園長が言い終えると同時、とうとうナツが立ちあがった。ずい、と前寄りになり、1歩、学園長が下がった。

そのまま殴《なぐ》るかと思った。表情は見えないが、ナツなら間違いなくそれをする。自分たちの映画が、好き勝手言われ、加工されようとしている。暴れだすと思った。

だけどナツは、そうしなかった。叫ぶことも、殴ることも、罵《ののし》ることもなく、淡々と、静かにこう答えた。

「少し考えさせてください」


部室に戻るまで誰もしゃべらなかった。口を開けば感情がとまらないと、気づいていたからだ。いおりが部室のドアをしめると同時、最初に叫んだのはミーコだった。

「考える余地なんてないでしょ！」

ナツは、感情を爆発させるミーコを冷静に見ている。顔を合わせつつも、心はどこか別のところにいて、何かを考えているみたいだった。

「あの膨《ふく》らんだ腹に何度蹴《け》りをいれようと思ったか！」

「私はガラスのテーブルをたたき割って、ソファを振りまわして窓ガラスをこなごなにして、棚のなかのＤＶＤだけこちらで引き取ってから、あとは滅茶苦茶《めちゃくちゃ》してやった。心のなかで」いおりが物騒な言葉で続く。

ナツがわたしに視線を向けてくる。お前は？　と訊かれた気がして、２人のように爆発させることも考えたけど、やっぱり1度整理することにして、それから答えた。

「学園長の言うことは、受け入れたくない。『タイタニックは部室のなかで』は、わたしたちの映画だから。わたしたちが、わたしたちで楽しむためにつくった映画だから」

みんなが、離れても近くに感じられるように。

卒業しても、友達でいられるように。

そうやって、ひとつひとつのシーンを、こだわりぬいてつくってきた映画だから。

「卒業式で流してもらえたら、記憶に残るし、良いことかなとも思った。だけど、そのためだけに形が変えられてしまうなら、するべきじゃない」

ふ、とナツが笑った。嘲笑《ちょうしょう》するというよりは、どこかほっとしたような笑みだった。腰に手をあてて、リラックスしたまま彼女が答える。

「まあ、おおむねあたしも陽と同じだ。ただし、あたしの場合は言葉にすると手に負えなくなるから、ここではひかえておく。『エイリアン２』のビショップみたいにあいつを腹から引き裂きたいとか、『ダークナイト』のジョーカーばりに学園を爆破してやりたいとか、いろいろ妄想したけど、ひかえておく」

少し考えさせてくださいと、ナツが答えたとき、一瞬だけ、要求をのもうとしているのかなと思った。だけどそんなわけはなかった。ナツもやっぱり同じで、はらわたが煮えくりかえっていたのだ。

「少しでも期待した自分がバカだと思った。答える寸前まで、殴ろうと思ってた。けど、それは正解じゃないって気づいた。それじゃ、いつもと同じだ」

ナツは続ける。あくまでも、冷静に。これまで誰よりも早く、誰よりも強く感情をあらわにしてきたナツは、いま、誰よりも余裕があるように思えた。

「暴れて叫ぶだけが抵抗じゃなくて、戦争にも、いろいろ方法がある。この学校でもし教わったことがあるとすれば、それだな」

「意味分かんない。何が言いたいのよ」ミーコが言った、

「要求通り、卒業式には映画をだそう」

ナツの答えはそれで終わらない。ミーコもいおりも気づき、黙って続きを聞く。

「陽の『卒業式で上映した記念』と、いおりやミーコの『形を変えない映画』、両方が叶うって言ったらどうする？」

そんなこと、できるのだろうか。

ナツはここに戻るまでの間、ずっとそれを考えていたのだろう。そして、思いついた。

怒りを通り越し、理解できないと呆《あき》れた相手。そんな相手に、この学校に、ナツが見せる

抵抗の手段とは。

「提案がある。言っとくけど、そうとう無茶な相談だ。聞くか？」

ナツが指で、わたしたちに近づくように合図する。テーブルの真ん中になるべく集まり、誰もおらず、聞こえるはずもないのに、彼女は小さな声で、それを提案してきた。

げっ、とミーコが声をあげた。いおりはきたる卒業式を想像したのか、顔が青ざめている。わたしはなんとか笑おうとしていた。そうすることで、冗談を聞いている気持ちになるかもしれないと思ったからだ。電源の入っていないテレビの画面に、反射した自分の顔を見て、想像以上にひきつっているのが見えた。

「本気で言ってるの、それ……」ミーコが言って、のけぞる。そっと身を引こうとしている彼女を、ナツは言葉で逃がさない。

「ここまで映画をつくれたんなら、もうなんでもできるだろ。それに、このほうがあたしたちらしい」

「らしすぎるというか、派手すぎるというか。退学にならないのかな」いおりが言った。退学という言葉はしかし、決しておおげさな表現ではないと思った。

「卒業するのにいまさら退学とかないだろ」ナツがつっぱねる。

「それは、まあ、そうだけど」

「でも、卒業まであと1か月もないよ。できるのかな」わたしが訊いた。

「そこは根性で」

「ああ、もうそういう精神論、大っ嫌い」

ミーコが吐き捨てるように言い、そして続けた。

「でも。このまま終わりにするのは、もっと嫌い」

それで決まった。

わたしたちは、卒業式で自分たちの映画を上映することになった。

3

3月になっていた。

卒業式の前日、わたしたちは部室でいまだに、編集作業におわれていた。青春はわたしたちに、少しだけ、おまけを用意してくれている。

時刻は夜7時をまわり、とっくに下校時間を過ぎている。だけど誰もそれを指摘しない。見回りの警備員が1度、懐中電灯の光とともにこちらに近づいてきたのがわかったけど、特に何も言われず、通り過ぎていった。部室の床には学生カバンのほかにも、リュックや荷物がある。つめこまれているのはコンビニのお弁当と、それから、寝袋。

「まさか本当に泊まれるなんてね」いおりが言った。

「言ってみるもんだろ」

ナツが作業の手を止めて、パソコンのわきから顔をのぞかせる。勝ち誇っている笑みだった。

わたしたちが学園長に、部室への泊まりこみをお願いしにいったのは、つい昨日のことだ。編集作業を間に合わせるには、どうしても泊まってやる必要があるとナツが訴えて、学園長はしぶしぶ許可をくれた。

「いっておくが、特例だぞ。ご両親に事情の説明と、連絡が取れる状況にしておくこと。これが条件だ、もっというなら、10分置きに連絡をよこしてもらいたいくらいだ。あと、口外は無用。場合によっては学校に泊まりこみができるなどと吹聴《ふいちょう》されてもらっては困る」

「はい、よくわかりました」よくわかっていないナツが言った。

「それと、手順はちゃんと覚えているか？　上映前に私がアナウンスをして、それから代表者ひとりが挨拶《あいさつ》、そして映画を流す。映画は15分。明日の朝、事前に内容を確認させてもらうからな」

「もちろんです」

学園長とのやり取りを思い出しているうち、ナツがパソコンの横にＤＶＤディスクを挿入した。編集がすべて終わり、あとはデータを映すだけだった。

時間は午後８時をまわっていた。いまからでも十分、帰宅することはできる。明日の卒業式にそなえ、部屋でひとり、制服のシワを整えたりしながら、過ごすことだってできる。だけど今日だけは、特別。３年間、わたしたちの居場所だったこの部室で、夜を明かす。青春のおまけ、最後のひとしぼり。

焼き終えたＤＶＤをだし、表面にマジックペンでタイトルをいれていく。『タイタニックは部室の中で　卒業式版』。

30分の映画を、学園長の注文通りに15分におさめる。これをするだけなら、１週間程度の作業だ。だけど卒業式の前日、今日までこの作業がかかったのには、わけがある。すべては明日、明らかになる。

「ほかの準備は大丈夫か？　打ち合わせ通り、本番実行だぞ」ナツが言った。

「いよいよ明日だね。どきどきする」

いおりが胸に手を当てて、呼吸をおちつかせる。前日の夜ですでにこうなのだから、明日は大変そうだ。倒れてしまったら、彼女を３人がかりで運ばないといけない。その光景を想像し、思わず笑った。それから自然と言葉がもれていた。

「去年のいまごろは、こんなことしてるなんて、わたし想像もしてなかった。明日、卒業式で映画が流れようとしていて、部室にお泊まりもするなんて。もっとあっけなく、高校生活が終わっちゃうものなんだって、諦めてた」

「それをいうなら、映画づくり自体が予想外だよ」ナツが返した。

「もっというならナツが泣いたことも予想外ね」ミーコが続いた。まだ言うか！　とナツがおそいかかる。この光景も、もう部室では、見られないだろう。

「選んだロケ地が、ミーコちゃんの知り合いの家だったことも予想外」いおりが言った。

そう、あれはもう過去。去年の夏の出来事。あのときは、もう映画がつくれなくなるんじゃないかと、心配だった。すごく不安だったし、たくさん焦った。ひとともものをつくる作業って、いくら仲が良いもの同士でも、ときにぶつかりあって、大変なことなんだと、あらためて実感した。懐かしんでいるのか、ミーコも大人しくなっていた。

「いおりが脚本を書いたのも予想外」

「ナツの監督も予想外。ハードスケジュールも予想外」

「ミーコの演技の達者さも予想外」

「陽の男装も予想外」

「それはいいって！」

最後はわたしが抗議して、みんなが笑った。

語りたいこと、まだまだたくさんあって。

一晩なんかじゃ、尽きなくて。

いま過ごしているこの1日も、あのころは、とみんなで懐かしむ、そんな日がきっとくる。きてくれたらいい、が、くる、と確信を持てる、そんな1年にできた。

「この棚《たな》も、ここまで埋まってなかったよな」

ナツがまわりを見渡す。どの棚も映画のDVDで埋まっている。ジャンル毎に整理して、五十音に並べて、この部室の、一番のお気に入りが棚かもしれない。

「みんなで好き放題持ち寄るから、ここまで増えるのよ。どうするの？　これぜんぶ持ち帰れるの？」ミーコが訊いた。

「残していけばいいよ。もしかしたら、わたしたちみたいな映画好きが、また集まるかもしれないから。まだ見ぬ後輩のために、威厳と功績を見せつけておこう」

みんなが同意するように、うなずいた。それから1分もしないうちに、これだけ持って帰る、とナツが言ってひとつをとって、カバンにいれた。実は我慢していたのか、ミーコがすかさず続いて、いおりも手に取り、わたしも最後には漁《あさ》った。後輩への威厳、ゼロだった。

その流れで、部室を片付けていくことにした。冷蔵庫は電源を切って、そのままにした。テレビとデッキも残しておくことにした。邪魔にならないよう、部屋の隅に置く。こうやって、自分たちの生活の痕跡が少しずつ消えていくのは少しさびしかった。片付けている最中は、みんな静かだった。

片付けが終わるころには、日付が変わっていた。テーブルをわきにどけて、４人で並び、寝袋に入る。頭上すぐの壁には、わたしたちの制服がハンガーに吊るされ、ひっかけられている。

じゃんけんでわたしが負けて、仕方なく寝袋からでて、電気を消した。カーテン越しからうっすらと、月明かりが射しこんできて、しばらく見とれていた。泣きそうになって、すかさず寝袋にもぐった。

ここで、何百本と映画を観てきた。

何千回と映画談義を繰り返してきた。

そんなわたしたちの最後の日は、映画を観るでもなく、語りあうでもなく、ただ横に並ぶだけだった。でも、それで十分だった。みんながいると、確かに感じられた。

誰かの寝息が聞こえてきて、わたしも静かに、まぶたを閉じる。

4

いおりの携帯アラームで目が覚めた。そのすぐあと、ミーコとナツの携帯が震動して、最後にわたしのアラームが鳴った。示し合わせたわけでもないのに、みんな、同じ時間に設定していたのが面白かった。

制服に着替える。寝巻きと寝袋をボストンバッグにしまって、部室をでる前、最後にお互いに身だしなみチェックをした。４人のなかで髪が一番長いのはわたしで、みんながわたしの寝癖《ねぐせ》を交互に直してくれた。

「いおり、袖《そで》のボタンがひとつ外れてる」

「ナツ、肩のあたりに毛くずがついてる」

「陽の寝癖はもう大丈夫だね」

「早くしろよミーコ、もうみんなでるぞ」

「ちょっと待ってよ！　まだ化粧《けしよう》完成してない！」

窓の外、校門から女子生徒が数人、登校してくるのが見えた。早い、まだ始業の1時間前だ。真面目《まじめ》な生徒はこんな時間から学校にきているのか。女子は横並びで、何かを話し、笑っていた。別の青春があそこにもある。

ナツが、ほら、と鍵《かぎ》を放ってきた。すんでのところでキャッチする。

「お前が鍵、かけろよ」

「え、どうして」

「いいから」

それが合図みたいに、ミーコもいおりも、先に部室をでてしまった。ナツもでていき、わたしも自分の学生カバンとバッグを持って部室をでる。みんなが少し離れたところで、わたしが鍵をかけるところを見守った。かちり、と最後の音がして、満足したように、歩きだす。

人生を映画に喩《たと》える。そんな遊びを、去年はしていた。

わたしという主人公に、もし、物語があるなら。この登校シーンはカット、授業も数カットで、すぐさま放課後。メインの場面は部室で語らう、3人の親友。

あっという間の1年で、そんな遊びも気づけば忘れていたけど。いま、わたしたちの後ろでは、どんなサウンドトラックが流れているだろう。静かなピアノの旋律だろうか。どこか、戦いにいく、格好のいい音楽だろうか。穏やかなアコースティックギターの調べかもしれない。もしくは何もない、無音かもしれない。

生徒のほとんどいない、昇降口、階段、廊下《ろうか》を進んで、学園長室にたどりつく。ナツがノックをすると、すぐにでてきた。

「間に合ったかな」

「ご確認お願いします」

ナツがDVDの入ったケースをわたす。表面には殴《なぐ》り書きで、『タイタニックは部室のなかで　卒業式版』とある。素晴らしい、と学園長がつぶやいて、さっそくデッキのほうへと向かい、DVDをセットする。やっぱり中身はちゃんと確認するらしい。

流れるのは、学園長の注文通りの映像。15分に尺が短くなったもの。部室で語らうシーンも、プールにとびこむシーン、夏祭り、手をつなごうとするシーンも、すべてカットされたもの。主人公の心の動きも、どこかつかみにくい。淡々と進んで、いつのまにか、樹がいなみ先輩に抱きつき、あの無音のクライマックスシーンに突入する。次の瞬間、大学の校舎のカットもなくなり、いきなりベンチに座るいなみ先輩と樹が再会する場面へ。そのまま、了。

観終えた学園長は、これでいこう、と拍手をした。

卒業式が行われる体育館に移動する。すでに床には緑のマットがしかれていて、パイプ椅子《いす》も並べられている。教員の数人が、壁沿いの飾りつけの修復に取りかかっていた。いつもの体育館の面影《おもかげ》はない。

2階には放送室があり、卒業式で流す音楽や放送は、すべてそこで行うことになる。2年生の放送委員の生徒たちが待機していて、階段を上った先のドアをノックすると、女子2人がでてきた。どこかで会ったことがある気がして、朝、窓から見かけた数人のうちの2人だと気づいた。

ナツがディスクの入ったケースを渡す。

「これ、お願いします。今日の映画です」

「視聴覚文化歴史資料研究同好会さんですね。学園長から聞いてます。確かに受け取りました」

笑顔で応対された。そういえば、そんな長い同好会の名前だった。丁寧《ていねい》で、礼儀の行き届いた真面目そうな後輩に、長い同好会の名前で苦労させてしまったと、少し罪悪感を覚える。そして『タイタニックは部室のなかで　卒業式版　（本番）』と書かれたディスクを、何も疑うことなく受け取ったところにも、彼女たちの純粋さを感じた。学園長から聞いたと言っていたが、細かいところまでは把握《はあく》していないらしい。もしも何か、彼女たちがとばっちりを受けるようなことがあったら、そのときは守ってあげなくちゃいけない。

「映画、楽しみにしていますね」

「うん。きっと、面白いと思う」

ナツが言った。


準備がすべて終わり、それぞれの教室に一度解散となった。といっても、わたしとナツは同じクラスだ。今日までは。

机にコサージュが置かれていて、それをつけて担任を待った。担任の先生は今日もカツラをつけていた。

「今日に向けて新調しました？　やだな、スーツの話ですよ」

ナツがいつものようにいじるが、担任は穏やかな表情のままだ。

「お前とも、その品のない言葉のいたずらとも、ようやくおさらばだ。面倒をいつ起こすものかとひやひやしていたが、無事にさよならできそうで、ほっとしている。言いたいことはひとつだ、さっさと卒業しろ」

わたしの予想にすぎないけど、学園長にわたしたちが映画をつくっていると教えたのは、きっとこの先生なんじゃないかと思っている。カツラ先生のささやかな仕返しを受けたせいで、わたしたちの高校生活、最後の1年は、直前までどたばただった。

チャイムが鳴って、移動の時間になった。体育館まで、ひとクラスずつ並んで進む。わたしたちはA組なので最初だった。

体育館の前につく。すでになかでは送りだす2年生と、保護者、来賓《らいひん》が待機している。会話は聞こえてこないけど、大勢のひとがいる気配を、確かに感じた。

体育館から入場の音楽が鳴った。わたしは出席番号が若く、つまり4人のなかで、一番になかに入っていくことになる。

列が動き、いよいよ入場する。大勢の生徒、保護者、教員たちの拍手のトンネルをくぐって、席につく。心臓がばくばくと鼓動していた。この大勢の前で、映画が流れるのだ。

「大丈夫だよ」

後ろから声がした。ナツだった。パイプ椅子の順番で、ナツはちょうど真後ろの席だった。ナツが指をさす。その方向に目を向けると、遅れてやってきたいおりとミーコの姿も見えた。2人ともこわばった表情で、しかし目が合うと、わたしと同じように、緊張をゆるませたようだった。

ひそひそとあちこちで聞こえ始めていた話し声が、「ただいまより」と、生徒会長がマイクにのせた宣言で、ぴたりとやむ。「第57期生井風学園高等学校卒業式をはじめます」。

国歌と校歌を歌い（うろおぼえ）、祝辞と送辞が読まれ、3年生が答辞を行う。

そして卒業証書の授与にうつる。ひとりずつ名前を呼ばれ、席を立ち、檀上《だんじょう》に向かう。

ここでもやはり、最初に呼ばれるのはわたしだった。

檀上にのぼって、さっき会った学園長と再び対峙《たいじ》する。今度は3人はそばにいない。

「楽しみにしているよ、映画」

返事はせず、代わりにうなずいた。ナツなら気の利《き》いた一言を返すのだろうか。ミーコは表情で語るかもしれない。いおりは、どうだろう、わたしと同じように、うなずくだけだろうか。想像しながら、檀上を降りる。

3人の名前が1人ずつ呼ばれて、そのたびに、自分のことのようにどきりとする。卒業証書を受け取り、お辞儀《じぎ》をする。横にはけて、檀上を降りて、席に戻っていく。通り過ぎるとき、目が合った。

とうとう、全員の生徒に卒業証書を渡し終える。学園長は檀上に設置された別のマイクの前に移動し、挨拶《あいさつ》を始めた。伝えられた通りの手順。いよいよだった。

「さて、本来であればこのあとは卒業生の退場を予定しているのですが、ここでひとつ、わたくしのほうから、ぜひこの場でご披露したいものがございます」

事前に知らされていた教員、それからいま、２階の小窓の奥で控えている放送委員の生徒たち以外は全員、何事かとあたりをうかがい、お互いに話を始める。学園長は静かになるのをじっと待ち、続けた。

「お見せしたいのは、１本の映画です。撮ってくれたのは、たった４人の女子生徒でした。それも旧校舎で活動する、小さな同好会。ですがわたくしは、表面的な部分で物事の判断はしないよう、生徒の指針となるよう、努めております。部活動であろうと、同好会であろうと差別せず、良いものには適性の評価をしたい。今回、縁があり４人のつくった映画を観させてもらいました。素晴らしかった。ぜひ、この卒業式という場で、お見せしたいと思った。彼女たちのためにも、そして、おくりだされる卒業生みなさんのためにも」

まわりの生徒が話しかけてきた、あれって陽ちゃんたちのことでしょ？　すごいね。わたしはひとりひとりに、笑顔だけを返した。後ろのナツも同じように追及されていたが、あまり長くはしゃべっていない。伝えたいことは、映画にあるから。

やがて学園長に名前を呼ばれ、わたしたちは４人、檀上にのぼっていく。このあとはナツが挨拶をこなし、舞台袖に下がって待機する流れになっている。

学園長がわきによけ、ナツがマイクの前に立つ。監督自らの言葉。

「友達が、映画をつくろうと誘ってきました」

ナツの挨拶のでだしで、いましようとしていることの緊張も忘れ、涙がこぼれそうになった。ずるい、そんな始めかた、ずるい。

「ここで明かしてしまうと、ちょっとまずいような場所で。その友達が誘ってくれたんです。半信半疑だったけど、いまはやってみて、本当に良かったと思っています」

ナツはそれから3年間の思い出を語った。長くはない、1分程度の挨拶。だけど、堂々としゃべる彼女が、誇らしかった。

「最後に、この映画は卒業式向けの短い15分に尺を抑えております。本来のものとは多少、内容も編集しております。少しでも、お楽しみいただければ」

ぴく、と横の学園長が肩をゆらした。やはり聞き逃さなかったらしい。すぐ近くのミーコに、学園長が訪ねてくる。

「内容を変えた？　そう言っていなかったか？」

「いいえ、聞き間違いですよ。そんなわけないじゃないですか」

「いやでも確かに……」

言い終える前に、ナツが挨拶を終えて、拍手がなる。その音にかき消されて、あきらめた学園長はナツと交代で檀上に向かっていく。

「この学園の持つ気品、規律正しさ、日々磨《みが》かれてきた勤勉さ、そういったものすべてを感じさせる生徒たちがつくった映画です。ぜひ、ごらんください」

学園長が合図のために手をあげた。すると、体育館の照明が落とされる。幕のうえから、特大のスクリーンが下りてきた。学園長が向かいの舞台袖《そで》に移動する。

放送委員の2人が檀上の前にプロジェクターとデッキを運んでくる。わたしたちが渡したディスクが、挿入される瞬間が見えた。呼吸がとまった。

放送委員の生徒達が退散すると同時、映画が流れた。

学園の校舎のカットと、部室のカット。

そしてタイトルクレジット、『タイタニックは部室のなかで』。

樹といなみ先輩が、部室で映画について語り合っていく。樹役のわたしが登場し、男装している姿を見て、あちこちで女子の悲鳴があがった。はしゃいで、何やら喜んでいる。

恥ずかしいけれど、逃げない。最後まで観てほしいから。

樹はいなみ先輩を引き留めたくて、映画の撮影を提案する。

やがて季節が変わっていく。だけどプールにとびこむあのシーンはない。夏祭りの場面に切り替わるが、河原で語らう部分だけが流れ、そのあとの手を触れようとするシーン、家に謝罪にいくシーンもまるまるカットされている。

叫びたくなる。違うのだ、こうじゃないのだと。この映画は、こんな軽いものじゃない。

もっと深いシーンがたくさんあるんだ。もっときれいな場面だってあったのだ。映画が進むたび、自分の体を殴《なぐ》られるような衝撃に襲われる。

きっと、映画に限ったことじゃない。大学に進み、社会にでれば、これとは比べ物にならない理不尽に、襲われるのだろう。力が発揮できない。認められない。意見が通らない。伝わらない。届かない。もっとできたのにと後悔《こうかい》し、こんなはずじゃ、と歯噛《はが》みする。

大人になっていくって、きっと、妥協《だきょう》の数が増えることだ。

だからせめて、今回だけは抗《あらが》わせてもらう。

5

「映画の内容を、変えるんだ」

わたしたちしかいない部室で、ナツはみんなをテーブルの中心に集め、小声でそう提案してきた。

「ただし全部じゃない。あくまでも一部だけ。残された期間は長くて2週間と少し、その間でできる撮影をする」

「そんなこと、できるの？」いおりが訊いた。

「実際には撮影後の編集も残ってるし、学園長に見せるフェイク用の15分バージョンもつくらないといけないから、残された撮影期間はもっと短いけどな」

映画の内容を変える。端的にいえば、いまから新しいシーンを撮るということだ。卒業式までの2週間弱の間で、学園長に見せるための15分用映画と、新しいシーンの撮影、その編集と完成、すべてを終える。できるのだろうか。だけど、そんな疑問さえも、口にしているのが惜しいような気がしてきた。それくらい、時間は少ない。

「内容は決めてあるの？」ミーコが訊いた。覚悟を決めたような顔だった。

「最初につくった映画は、わたしたちが、わたしたちのためにつくった映画だ。だから内容はあれでいい。だけど卒業式では、この学園の生徒が観る。だからお客は生徒だ。生徒を喜ばせるものをつくろう」

「この学園の生徒が喜ぶものって？」

ナツのなかにはすでに手がかりがあるようだった。

「この学園の生徒たちが求めてるのは、刺激だよ。規律や校則でしばられた、誰もが持っているようなフラストレーションを、解放してやるんだ」

「刺激って、たとえば？」いおりが訊いた。

「そこはいおりが決めろよ。脚本家なんだから」

無茶ぶりに一瞬、絶句しつつも、少し考えて、いおりは答えた。うげっ、とミーコとわたしが同時にうめいた。ナツはその答えを気に入って、それが採用されることになった。

あとは間に合わせるだけだった。

6

「くるぞ」

そうつぶやいて、ナツが手を握ってきた。気づけば、いおりとミーコも手をつないでいた。クライマックスは、もうすぐだった。わたしたちが内容を変えた、クライマックスの部分。この2週間、急ぎで撮影したシーン。

卒業式の場面になる。

校門に向かって歩くいなみ先輩を、樹が叫んで呼び止める。

いなみ先輩が立ち止まり、樹は走り寄ってくる。

いなみが振り返り、樹が抱きしめて。

そして。

キスを、した。


唇と唇を重ねる、長いキス。カットを切らず、カメラは長まわし。男装したわたしである樹と、ミーコ演じるいなみ先輩は、お互いを抱きしめたまま。

体育館中から、悲鳴と歓声があがった。

釘づけになっている男子たち、両手で顔を覆《おお》い、指のあいだから映像をのぞく女子たち。手をつないで、席から立ち、興奮から飛び跳ねているグループ。あっけにとられ、ぽかんと口を開けたままフリーズしているものも。

さらに間髪《かんはつ》いれず、次のシーンに切り替わる。校舎内の階段、踊り場で、樹といなみ先輩が近づき合い、キスをする。同時に歓声と悲鳴がまたあがる。

檀上をはさみ、向かいの舞台袖で、学園長がわたしたちに何かを叫んでいた。生徒たちが興奮していて、もはやそれも聞こえない。動揺《どうよう》し、怒鳴っているのは表情だけでわかった。

次のカット。今度は廊下《ろうか》で。樹といなみ先輩がキスをしている。どんどん切り替わる。

自分たちが過ごしたあの教室で、登下校のたびに友達と挨拶《あいさつ》を交わした、あの昇降口で、お昼休みの気持ちのいい日には、外で食べたあの中庭で。

いおりが提案したのは、ある映画のオマージュ。

『ニュー・シネマ・パラダイス』。

去年の夏、４人でも部室で観た映画だ。

教会の規則にしばられていた村で流されたその映画は、ことごとく過激なシーンが削除《さくじょ》されていた。映画技師のアルフレードは、こっそりと、過激と判断され切り取られてしまったキスシーンを、隠し持っていた。最後には、主人公トトのもとに、それが届けられることになる。

とまらないキスシーンに、とうとう学園長が舞台袖からあらわれて、スクリーンの前に立ちはだかる。手を大きく振って、放送室の2階に止めるよう指示するが、映像はとまらない。やがて卒業生たちから、学園長に怒号が向けられる。「観られないだろ！」「ひっこめ！」「早くどいてよ！」。群衆の洪水はもうとまらない。

映画とは、欲望をみたすものだ。

主人公の活躍するシーンが観たい。ド派手な爆発が観たい。敵とのカーチェイスに興奮したい。目に見えぬ超常現象で恐怖におののきたい。せまりくる殺人犯におびえたい。悲しい恋に涙したい。感動の再会で泣きたい。

ジャンルは違っても、共通するのは、ひとびとの心を満たしてくれるという点だ。映画にしか叶えられない欲望がある。だからひとは映画を観る。

「おい！　そろそろ逃げるぞ！」

ナツの合図で、打ち合わせ通り、４人同時に駆けだす。舞台袖から降りて、あらかじめ目をつけておいた裏口から体育館をでる。すぐ横に学生カバンとボストンバッグ、それぞれの荷物が置いてある。学園長に会う前、ここに隠しておいたのだ。

カバンを持ち、いっせいに走りだす。

校門まで、あとはひたすらまっすぐだった。

「あはは！　やってやった！」

途中、ナツが笑いだした。

「どうだこのヤローっ！」

それにつられて、ミーコも笑った。いおりも、そしてわたしも、耐えきれず、笑った。それから少しだけ泣いた。

背中の体育館からは、いまだ騒がしい声が聞こえる。

校門を抜けたところで、ようやくわたしたちは、立ち止まる。みんな膝に手を置き、うなだれて、息が絶え絶えになっている。

「とんでもないこと、しちゃった。どうしよう」

いおりが言う。久々のネガティブが発動していた。

「きっと怒られる。たぶんお母さんたちも来てたし。あとで呼び出されるのかな。テレビや新聞で、ニュースになったらどうしよう。世論に叩かれる。マスコミにたかられるんだ」

「批判が怖くて映画がつくれるか」

ナツが断言した。ああ、もう、それでいいと思ってしまった。

もう戻らない学校。通い続けた部室。一度も振り返らず、わたしたちは並んで帰りの駅を目指した。

3年間、みんなと映画を観て、語りあった。それがわたしたちの青春だった。実際に映画を撮ることになって、ひとつの作品をつくりあげて。友達でも仲間でもなく、親友じゃないかと、胸を張れるくらい、確かなつながりを感じることができて。そしてあらためて、こう思う。


映画が好きで、本当によかった。

エピローグ

骨を折られた。

ベッドに寝かされ、太いロープで縛《しば》られた体。見動きがいっさい取れず、両足首の間に巨人の積み木のような木片がはさまれて、わたしの体の何倍もあろうかという女性が、勢いよくハンマーを振りまわしてくる。叩かれた左の足首が、固定されていたせいで、いとも簡単に、おかしな方向に曲がる。ぱきん、と薪《まき》を割るのにも似た、骨のくだける音。ひとの足首というものが、あんな方向まで曲がるのを初めて見た。そして、すぐにそれをかき消すように叫び声が……

「やばい！」

パソコンの右下に表示された時刻を確認し、待ち合わせに遅刻したことに気づいて、あわててＤＶＤを取りだす。大学の図書館、視聴覚室で時間をつぶそうと観ていた『ミザリー』に、ついつい夢中になってしまっていた。

返却ついでに、すっかり知り合いになった、図書館の受付にいる先輩と挨拶《あいさつ》を交わす。同じ学部だということも最近わかり、意気投合した。

「入学して半年経って、陽《ひなた》ちゃんはもう何本みたの？」

「うーん、半分くらいだと思います」

「うち、一応映画ＤＶＤは３００本以上あるんだけど……」

図書館をでて、校門まで走る。駅までの目ぬき通りは、どこも飲食店が並んでいる。ゆっくりと駅に向かっている学生たちの間をすりぬけて、電車に乗るころには10分遅刻だった。

３駅先の駅で降りて、送られてきた地図をもとに店を目指す。昼はカフェで、夜は居酒屋に代わるという、いまどきな個人経営店。名前を確認し、見つける。お洒落《しやれ》な木製のドアを開けて、店員に「待ち合わせているんです」と伝えた。事前に知らせを受けていたのか、店の奥の、テーブル席に案内された。

「遅いぞ、陽」

頬杖《ほおづえ》をつき、あきれたため息で、最初にナツがでむかえた。大学に入ってからは、ピアス穴をあけて、今日もプテラノドンの形をしている、独特のピアスをつけている。

「ごめん。アニー・ウィルクスが逃がしてくれなくて」

「はあ？　誰だそれ」

「『ミザリー』の登場人物の名前。サスペンス映画よ」

答えたのは、ナツの隣にすわるミーコ。２週間前に会ったときより、またパーマが強くなっている気がする。テーブルにはお通しや先に注文したフード。だけど彼女の前には、冊子のようなものが広げられている。最近、ついにオーディションに通り、B級映画の役をもらえたと言っていた。その脚本だとわかった。

「ある意味ホラー映画ともいえるよ。とにかく、原作のスティーブン・キングは細かな人間描写に長《た》けているから、映画もつくりやすかったんじゃないかな。原作があるってことは、それだけ事前資料や内部が細部まで設定されているってことでもあるし」

いおりは、ある意味で高校のときより一番変わったかもしれない。いまはいろんなコンテストに脚本を送っている。髪型もばっちり決めていて、近くに座ると香水の甘い匂《にお》いがした。服も肌の露出が強いものが増えている。いまが一番楽しい、と毎日のように電話で語ってくれるのが面白い。

「なんか、陽はあまり変わってないよな。会うたびに思うけど」

「そうかな……」

ずばりとナツに言われて、少しへこむ。変わったことを思い返してみるけど、悔《くや》しいことに、すぐにはでてこなかった。

2週間に1度は、みんなでこうして会っている。たいていは居酒屋（まだお酒は飲めないけど、雰囲気《ふんいき》を楽しみたいと毎回ナツが言う）か、もしくはお決まりの映画館。いおりが率先《そっせん》してカフェに引っ張っていくこともある。

「そうそう、この前あんたに借りたあのB級映画、最低だった」

ミーコがナツにかみついた。ああ、始まった、とわたしといおりはメニュー表に視線を逃がす。

「はあ？　なんでだよ、最高だろ。設定は馬鹿らしいけど、何も考えずに観られる」

「サメを殺すために戦ってたのに、どうして衛星つかってレーザービームとか登場するのよ！　意味わかんないし。3幕構成にもぜんぜんのっとってないし！」

「ミーコが参考に貸せっていうから、こっちはわざわざ見つけてやったのに！」

「演技に役立つものを貸せって言ったのよ！」

周りの客の目をいよいよ引きだして、そろそろ止めに入らなくちゃいけないかな、という気配になる。

そのとき、店の照明がとつぜん落ちた。装飾やイラストのない無機質な壁に、映像が映しだされる。映画だった。この店は、店長の気まぐれでその日に好きな映画を流してくれる。だからここを提案したのだった。

「ほら、2人とも、始まるよ」

ミーコとナツをなだめて、会話もいったん止まり、みんなでスクリーンのほうを向く。

そういえば、高校のときから変わったこと、ひとつだけあった。思い出したけど、心のうちにしまっておく。

3年周期で友達が変わる。そんな呪いにかかっていると、かつては嘆《なげ》いていた。いま、まわりには彼女たちがいる。わたしの一番大事で、とても大切な変化だった。


今日も映画を観よう。

『タイタニック』を部室で流していた、あの日々のように。


（了）

※この作品はフィクションです。実在の人物・団体・事件などにはいっさい関係ありません。

集英社オレンジ文庫をお買い上げいただき、ありがとうございます。
ご意見・ご感想をお待ちしております。

● あて先
〒101-8050　東京都千代田区一ツ橋2-5-10
集英社オレンジ文庫編集部 気付
半田　畔先生

群青ロードショー

集英社
オレンジ文庫

2019年5月22日　第1刷発行

著　者　半田　畔
発行者　北畠輝幸
発行所　株式会社集英社
〒101-8050東京都千代田区一ツ橋2-5-10
電話【編集部】03-3230-6352
【読者係】03-3230-6080
【販売部】03-3230-6393（書店専用）
印刷所　株式会社美松堂／中央精版印刷株式会社

※定価はカバーに表示してあります

ISBN 978-4-08-680256-7 C0193